चरित्रहीन

राम प्रताप सिंह

ISBN 979-888546383-6

BE BOLD WHAT YOU STAND FOR

यह रचना भारतीय सेना व अर्ध सैनिक बल की वीर नारियों को समर्पित है जिनके पति देश की रक्षा व सुरक्षा में अपने प्राणों की आहुति दी है।

क्रम-सूची

प्रस्तावना

चरित्रहीन – उन युवाओं की कहानी है जो यौवन के सौन्दर्य को प्यार समझ बैठते हैं और भटकते रहते हैं वासना के अंतहीन माया जाल में |जबकि **प्रेम अंतर्मन की एक भावना है** | प्रेम एक अभिव्यक्ति है, जो एक जीवात्मा को दूसरे जीवात्मा से जोड़ती है | आसान शब्दों में कहें तो प्रेम ही वह धागा है जो इस सम्पूर्ण जगत को आपस में जोड़ कर रखता है | प्यार ईश्वर का एक वरदान है जो उन्होंने अपने पुत्र स्वरूप सभी जीवों को प्रेम स्वरूप भेंट किया है | या यूं कहें कि प्रेम ही ईश्वर का स्वरूप है , अर्थात प्रेम के रूप में ईश्वर ही सभी प्राणियों के ह्रदय में निवास करते हैं,ताकि सृष्टि का सृजन और पोषण अनवरत चलता रहे | केवल इतना ही नहीं बल्कि सृष्टि के विनाश का कारण भी प्रेम ही है |

प्रेम का सर्वश्रेष्ठ उदाहरण ईश्वर का जगत के प्रति प्रेम है | ईश्वर ने हम सभी जीवों को लाखों प्रकार के पेड़-पौधे, फल-फूल और खाद्य सामग्री दी है | हमारे जरूरत की प्रत्येक वस्तु दी है ताकि हम सुख पूर्वक अपना जीवन व्यतीत कर सकें | यह ईश्वर का प्रेम ही है, ईश्वर हमारी छोटी बड़ी गलतियों को माफ कर देते हैं और हमें सही मार्ग दिखाते हैं | हमें हर मुश्किल से निकालते हैं | यह ईश्वर का निस्वार्थ प्रेम ही है जिसे हम करुणा कहते हैं | इसी प्रेम के प्रभाव से सृष्टि के दो विपरीत लिंग वाले प्राणियों का शारीरिक संबंध स्थापित होता है | जिसके फलस्वरूप एक नए जीव का जन्म होता है | प्रेम के इस प्राकृतिक प्रक्रिया के द्वारा ईश्वर सृष्टि का सृजन करते हैं | एक माँ अपने बच्चे को निस्वार्थ भाव से स्तनपान कराती है जिसे हम ममता कहते हैं | एक शिष्य अपने गुरु की निस्वार्थ भाव से सेवा करता है इस प्रेम को हम श्रद्धा कहते हैं |"

"प्रेम के प्रभाव से ही सृष्टि के सभी मनुष्य एक दूसरे की सहायता करते हैं, एक दूसरे के जीवन में सहयोग करते हैं | इसके अतिरिक्त प्रेम के और भी कई सारे रूप होते हैं , जैसे पति-पत्नी का प्रेम , भाई-बहन का प्रेम, मित्र-मित्र का प्रेम या प्रेमी-प्रेमिका का प्रेम, परंतु इन सभी प्रेमों में जगह और वक्त के अनुसार प्रेम का स्तर बदलता रहता है | हालांकि प्रेम

तो वही रहता है बस उसके मायने बदल जाते हैं | परंतु निस्वार्थ प्रेम जहां रहता है वहाँ आनंद ही आनंद देता है | प्रेम के बिना जीवन का अस्तित्व ही नीरस और अधूरा है | जरा एक बार कल्पना करो , क्या प्रेम के बिना जीवन संभव है, कदापि नहीं | इसीलिए कहा जाता है कि प्रेम ही जीवन है | श्रद्धा , भक्ति, ममता, करुणा और स्नेह ये सब प्रेम के वास्तविक स्वरूप हैं | एक बात हमेशा याद रखो – वास्तविक प्रेम हमेशा निस्वार्थ होता है, स्वार्थ तो लोग उसमें जोड़ देते हैं जो निस्वार्थ प्रेम को विकृत बना देता है |"

सच्चा प्रेम क्या है ? सच्चा प्रेम ईश्वर द्वारा मनुष्य को दिया गया सबसे बहुमूल्य उपहार है | प्रेम ही वह फूल है जो मनुष्य के जीवन को खूबसूरत बनाता है | जी हाँ प्रेम ही वह खुशबू है जो मनुष्य के जीवन को खुशियों से महका देता है | वास्तव में प्रेम ही संसार की सभी खुशियों का सार है | प्रेम के कई रूप हैं | परंतु प्रेम चाहे किसी भी रूप में हो उसकी तो बस एक ही परिभाषा है **समर्पण** | यानि किसी के प्रति सच्चे मन से समर्पित होना,और प्रेम यदि सच्चा हो तो आनंद ही आनंद देता है|

भूमिका

राम प्रताप सिंह भारतीय सेना, मैकनाइज्ड इनफेन्ट्री रेजीमेंट व सीमा सुरक्षा बल में एक सैन्य अधिकारी थे | उन्हे सैन्य सेवा का 36 वर्षों का अनुभव है| अपनी सेवा काल के दौरान उन्हे भारत-पाकिस्तान व भारत -बांग्लादेश सीमा में कार्य करने का अनुभव है | इसके अलावा उन्होंने अंग्रेजी साहित्य, विधि,मानव अधिकार, बिजनेस एडमिनिस्ट्रेशन, सायबर लॉ , लेबर लॉ में मास्टर्स डिग्री व डिप्लोमा हासिल किया है | सैन्य सेवा से मुक्त होने के बाद वो एक कंपनी में प्रशासनिक व सुरक्षा अधिकारी रहे| उन्होंने वकालत का पेशा भी अपनाया | अब वह अपना पूरा समय पठन-पाठन व लेखन में देते हैं | **चरित्रहीन** हिन्दी भाषा मे लिखा गया उनका नौवां उपन्यास है |

इस उपन्यास में भटके युवाओं के जीवन का चित्रण है जो यौवन और सौन्दर्य को ही प्यार समझ कर वासना के अंतहीन मायाजाल में उलझ जाते हैं | जीवन में आने वाली चुनौतियों ,धैर्य ,लक्ष्य हासिल करने की जिद, जीवन के उतार-चढ़ाव , मानवीय संवेदनाओं , प्रेम व रोमांच का इस उपन्यास में सजीव चित्रण है जिसे लेखक ने अपनी जिंदगी में बहुत करीब से देखा और जिया है| यह भारत के हर शहर और गाँव के आम युवाओं की कहानी है जो जीवन की राहों मे भटकटे हुए ,आशा , निराशा , प्रेम और संघर्ष के माया जाल में उलझते हैं | इसमें युवाओं के सपनों का ,और उनकी भावनाओं का सजीव चित्रण है | यह उपन्यास उन युवाओं को लिए प्रेरणास्रोत है जो उन्मुक्त वासना को चरित्र का मानदंड समझते हैं | लेखक से पत्र व्यवहार का पता –Email : rps1959@gmail.com Mobile No 91-7000153809.

पावती (स्वीकृति)

आशा तुमने मेरी व्यस्तता को अपनी सेवाओं से हमेशा आनंदमय बनाया। मैं तुम्हारा हमेशा आभारी रहूँगा।

1

चरित्रहीन

मैं तलाश रहा हूँ,
.... एक “चरित्रहीन “ औरत !!
पर मैं हैरान हूँ ,
.... वो मुझे आज तक मिली नहीं,
.... ऐसा भी नहीं है कि ,
मैंने उसे सही से तलाशा नहीं,
मैं गया था..............
मैं उन तमाम औरतों के पास भी गया,
जो देह को लेकर बाजार सजाती थीं,
जो क्लबों में अर्धनग्न हो नाचती गाती थी,
जो रोज वासना के नए नए किरदार निभाती थी,
पति से आँखें चुरा गैर मर्द की बाहों में प्रेम ढूंढती थी,
..............मैनें तो तमाम औरतें देखी !!
.............पर मैं हैरान था ,
उनमें कहीं भी वो चरित्रहीन औरत नहीं थी,
पर वहाँ हर औरत के पीछे...........
एक पुरुष जरूर छिपा था
कायर, कामुक ,वासना के कीचड़ में,
..............सर से पाँव तक सना !!

शायद यही था ...."वो"

जिसने सबसे पहले

औरत को "चरित्रहीन" कहा !!

क्योंकि अकेले औरत ही चरित्रहीन नहीं होती |

किसी ने खूब कहा है -तवायफ़ ने आत्मकथा लिखने की क्या सोची, शहर के सारे शरीफ़ों ने खुदकुशी कर ली ....

एक खूबसूरत शे'र है ....क **एक एक एक kएक कहूबूरत शे शेर ककिसीकिसी किसी**

"ढूँढी शरीफजादों के घर पर बहुत ,

मगर तहजीब की किताब तवायफ़ के घर मिली ......

कितना सही कहा है , लेकिन हर कोई इस बात को नहीं समझता | हमेशा नारी कों ही चरित्रहीन कहा जाता है चाहे उसकी मजबूरी हो या परेशानी, कोई आदमी पर उंगली नहीं उठाता | जबकि बिना आदमी के हाथ लगाए कोई भी औरत चरित्रहीन नहीं हो सकती | फिर अकेले औरत पर ही क्यों ?आदमी पर भी चरित्र हीन की उंगली उठनी चाहिए |

चरित्रहीन कहते किसे हैं ?

बुरे आचरण वाला । बदचलन या और कुछ ? वास्तव में किसी के चरित्र का आकलन समाज में व्याप्त जीवन मूल्यों पर आधारित होता है | हर समाज के जीवन जीने के तरीके और जीवन मूल्यों के मानक अलग अलग होते हैं |चरित्र विशेष रूप से नैतिक गुणों , नैतिक मानकों, और समाज में प्रचलित परंपराओं को ध्यान में रख कर आंका जाता है | उन मूल्यों और मानदंडों पर जो खरा उतरता है वह चरित्रवान होता है जबकि उसके विपरीत जाने वाला चरित्रहीन |

नैतिकता के तीन प्रमुख आधार : विनाशकारी आचरण से दूर रहना, अनुशासन, दूसरों की सहायता करना |

नैतिक आचरण की बात करते हैं तो हमारा आशय व्यवहार के तीन अलग-अलग क्षेत्रों से होता है | पहला विषय विनाशकारी व्यवहार से दूर रहने से संबंधित है| इसका अर्थ यह है कि चाहे हमारी मंशा किसी को नुकसान पहुंचाने की हो या न हो, हम क्रोध य लालच या स्वार्थ के वशीभूत हो कर आचरण न करें | हम जानते हैं कि कभी कभी हम

स्वार्थपूर्ण व्यवहार करते हैं और हमें इसका आभास तक नहीं होता कि हम स्वार्थी हो रहे हैं। जब कि वास्तव में हमारा उद्देश्य किसी को चोट पहुंचाना नहीं होता है, फिर भी हमारे ऐसे व्यवहार से बड़ा नुकसान हो जाता है और बड़ी परेशानियाँ खड़ी हो जाती हैं।

यदि हम सिर्फ "अपनी मर्जी" चलाना चाहते हैं और कहते हैं कि "जो मुझे चाहिए वह मुझे मिलना ही चाहिए" तब हम ऐसा व्यवहार इसलिए करते हैं क्योंकि हम स्वार्थ के वशीभूत होते हैं – हम केवल अपने बारे में ही सोच रहे होते हैं – उस स्थिति में हम दूसरों की अनदेखी करते हैं और, न चाहते हुए भी दूसरों को बहुत दुख पहुंचाते हैं। और जब हम क्रोधित होते हैं तो हम अपना आपा खो देते हैं। और फिर हम न जाने क्या-क्या करते और कहते हैं जिसके बारे में बाद में हमें अफ़सोस होता है और उन बातों से हमें बड़ा दुख पहुंचता है। इसलिए नैतिकता का पहला आधार यह है कि हम विनाशकारी व्यवहार करने से बचें।

लेकिन जब हम नैतिकता की बात करते हैं तो हमारा आशय अनुशासित होने से होता है और अनुशासित होने का मतलब होता है कि अपने जीवन पर हमारा नियंत्रण हो और हम आलस्य या अन्य प्रकार की ऐसी अशांत करने वाली चित्त की दशाओं के प्रभाव में न आयें जो हमें अपने जीवन के लक्ष्यों को हासिल करने से रोकती हैं।

इस तरह दूसरे प्रकार का नैतिक आचरण दरअसल रचनात्मक कार्यों में संलग्न होना है। कड़ी मेहनत करके अध्ययन करते हुए अच्छी शिक्षा हासिल करना इसका एक उदाहरण है। इसके लिए बड़े अनुशासन की आवश्यकता होती है – अध्ययन करने, ज्ञानार्जन करने के लिए आत्मानुशासन की जरूरत होती है। लेकिन यदि हम अपने जीवन में कुछ सकारात्मक हासिल करना चाहते हैं, तो उसके लिए हमें योग्यता हासिल करनी चाहिए, हमें अभ्यास करना चाहिए, और इसके लिए अनुशासन की आवश्यकता होती है।

यह नीतिशास्त्र का क्षेत्र है पर यह नैतिकता से क्यों जुड़ा है ? क्योंकि हम सचमुच एक चतुर चोर, एक चतुर अपराधी बनने के लिए भी अभ्यास कर सकते हैं, या फिर हम एक ऐसा व्यक्ति बनने के लिए भी अभ्यास कर सकते हैं जो हमारे समाज की प्रगति के लिए सकारात्मक

योगदान कर सकता है |

इसलिए जब हम किसी कार्य के लिए स्वयं को प्रशिक्षित करने वाले हों , तो हमें अपनी विशेष योग्यताओं और प्रतिभा के आधार पर यह तय करना चाहिए कि क्या करना सबसे उपयोगी रहेगा | और यह इस बात पर निर्भर करेगा कि मुझे क्या करना पसंद है और मुझे किस कार्य को करने से आनंद मिलता है | और जब हम इस दृष्टि से विचार करते हैं कि मुझे क्या करना अच्छा लगता है, तो जाहिर है कि मेरी रुचि इस बात में होगी कि मैं मनोरंजन करता रहूं , टेलीविजन देखता रहूं और अपने मित्रों के साथ मौज मस्ती करता रहूं , लेकिन हम जीवन भर तो ऐसा नहीं कर सकते हैं , इसलिए जब हम सोचते हैं कि मुझे फिलहाल क्या पसंद है, तो हमे यह भी सोचना चाहिए कि वह कौन सी चीज या कार्य है जो हमारे जीवन के लिए अति आवश्यक है और लंबे समय तक हमें खुशी दे सके | याद रहे **सिर्फ काम करने से खुशी नहीं मिलती बल्कि खुश रहकर काम करने से खुशी मिलती है |**

तीसरे प्रकार की नैतिकता यह है कि हम वास्तव में दूसरों की सहायता करने के कार्यों से जुड़ें | सिर्फ अच्छे गुणों को विकसित करने का अभ्यास करना ही काफी नहीं है | क्योंकि हम एक समाज में रहते हैं और समाज में अपने सद्‌गुणों और प्रतिभाओं और योग्यताओं को दूसरों के साथ बांटना बहुत महत्वपूर्ण होता है | हमारे पास जो भी क्षमताएं हों , हम उनका उपयोग दूसरों की सहायता करने के लिए कर सकते हैं | आखिरकार समाज में रहते हुए हमारी खुशी पूरे समाज की खुशियों पर ही तो निर्भर करती है | इसलिए यह बहुत आवश्यक है कि जब हम नैतिकता की बात करते हैं तो हम बड़ा व्यापक दृष्टिकोण अपनाएं , संकीर्णता के छोटे दायरे में न सोचें | अर्थात हम सिर्फ अपने और अपने परिवार के बारे में ही न सोचें बल्कि व्यापक समाज की दृष्टि से सोचें | और केवल इसी पल के बारे में न सोचें , बल्कि भविष्य को ध्यान में रखते हुए अपने कार्यों के आगामी परिणामों की दृष्टि से विचार करें |

नैतिकता के मानदंड और सामाजिक मूल्य क्या हैं ?

नैतिकता किसी व्यक्ति को किसी स्थिति में व्यवहार करने के तरीके को परिभाषित करती है | वे हमारे बचपन से हमारे अंदर छुपी हुई होती है

और हमारे जीवन में किया गया लगभग हर निर्णय हमारे नैतिक मूल्यों से काफी प्रभावित होता है| किसी भी व्यक्ति को उसके नैतिक व्यवहार के आधार पर अच्छा या बुरा माना जाता है |

नैतिकता को नैतिक सिद्धांतों के रूप में परिभाषित किया जाता है जो अच्छे और बुरे तथा सही और गलत मानकों का वर्णन करते हैं | फ्रांसीसी लेखक अल्बर्ट **कैमस के अनुसार, "इस दुनिया में नैतिकता के बिना व्यक्ति एक जंगली जानवर के समान है |"**

विभिन्न संस्कृतियों में नैतिकता भिन्न होती है | कुछ के अनुसार नैतिकता वे मूल्य हैं जिन्हे बचपन से सिखाया जाना चाहिए और लोगों को उनका कड़ाई से पालन करना चाहिए | एक व्यक्ति जो इन मूल्यों को नहीं मानता है वह नैतिक रूप से गलत माना जाता है | नैतिक नियमों का पालन करने के लिए कुछ लोग काफी सख्त होते हैं | वे अपने व्यवहार के आधार पर लगातार दूसरों की समीक्षा करते हैं | दूसरी तरफ कुछ ऐसे लोग हैं जो नैतिकता के प्रति ढीला ढाला रवैया रखते हैं और मानते हैं कि नैतिकता के आधार, स्थिति के हिसाब से कुछ हद तक बदल सकते हैं | व्यक्तियों से अपेक्षा और नैतिकता की आचार संहिता लगभग सभी देशों में समान है | हालांकि कुछ ऐसे नैतिक व्यवहार हो सकते हैं जो कुछ संस्कृतियों के अनुसार ठीक हो सकते हैं लेकिन उन्हे दूसरों के द्वारा स्वीकारा नहीं जा सकता | उदाहरण के लिए पश्चिमी देशों में महिलाओं को किसी भी तरह की पोशाक पहनने की आजादी होती है लेकिन बहुत से पूर्वी देशों में छोटे कपड़े पहनने को नैतिक रूप से गलत माना जाता है |

समाज द्वारा नैतिकताएं हमारे ऊपर थोपी जाती हैं और नैतिक मूल्य हमारी समझ है कि क्या सही है और क्या गलत है | इनका एक –दूसरे से घनिष्ट संबंध है | एक व्यक्ति जिसके नैतिक मूल्य समाज द्वारा निर्धारित नैतिक मानकों से मेल खाते है वह उच्च नैतिक मूल्यों का व्यक्ति माना जाता है | उदाहरण के लिए एक ऐसा व्यक्ति जो अपने माता-पिता का सम्मान करता है और हर सामाजिक और पारिवारिक नियमों का पालन करता है , हर रोज अपने धार्मिक स्थल जाता है, समय पर घर वापस आता है और अपने परिवार के साथ समय बिताता है वह

अच्छे नैतिक मूल्यों का इंसान माना जाता है |

वहीं दूसरी ओर एक व्यक्ति जिसका धार्मिक मूल्यों की ओर झुकाव नहीं होता, वह तर्क के आधार पर अपने माता-पिता से बहस करता है , दोस्तों के साथ देर रात बाहर घूमने जाता है , शराब पीकर अक्सर घर आता है , घर में झगड़ा करता है ,और कार्यालय से देरी से घर आता है उसे निम्न नैतिक मूल्यों का इंसान माना जाता है है क्योंकि वह समाज द्वारा निर्धारित नैतिक नियमों के अनुरूप नहीं है | यहाँ तक कि अगर यह व्यक्ति किसी को नुकसान नहीं पहुंचा रहा है या कुछ गलत भी नहीं कर रहा है फिर भी उसे कम नैतिकता का इंसान माना जाएगा | हालांकि ऐसा हर संस्कृती में नहीं होता है | लेकिन भारत में ऐसे व्यवहारों के आधार पर लोगों का आकलन किया जाता है |

समाज में शांति और सद्भाव सुनिश्चित करने के लिए नैतिक मूल्य निर्धारित किए जाते हैं | हालांकि इन्हे पीढ़ी दर पीढ़ी आगे नही बढ़ाया जाना चाहिए | ऐसा इसलिए है क्योंकि किसी संस्कृति या समय काल के दौरान जो नियम व प्रथाएं प्रचलित रही हो वह जरूरी नहीं कि बाद की पीढ़ी के लिए उपयुक्त हों और वर्तमान पीढ़ी पर भी लागू हों |

आज हिन्दू और सिख धर्म में एक विवाह और एक पत्नी को आदर्श माना जाता है जबकि बहु विवाह को अनैतिक | जबकि मुस्लिम धर्म में बहु विवाह प्रचलित है | एक मुसलमान चार पत्नियों से एक साथ विवाह कर सकता है | अब बताएं , एक मुस्लिम को चार विवाह और एक हिन्दू और सिख को एक विवाह की इजाजत क्यों ? जब कि भारत में तो समानता का अधिकार है | तलाक देने और लेने में हिन्दू सिख वर्षों अदालत के चक्कर काटते हैं पर एक मुस्लिम के पास बस तीन बार तलाक बोलो , काम हो जाता था (हालांकि भारत में आज तीन तलाक पर पाबंदी लगा दी गई है)| तीन तलाक का अधिकार भी सिर्फ मुस्लिम मर्द के पास क्यों था, मुस्लिम औरतों के पास क्यों नहीं ? मुस्लिम औरतों को बुर्का और हिन्दू और सिख औरतों को घूँगट की आवश्यकता क्यों थी ? क्योंकि उस समय औरतें भी मर्दों की गुलाम ही थी |

अब हिंदुओं व सिखों के आदर्श कौन थे और हैं ? वो हैं श्री कृष्ण और सिखों के आदर्श श्री गुरु गोबिन्द सिंह | दोनों ने क्रमवार आठ और

तीन विवाह किए थे | अब इसे क्या कहेंगे ? अब क्या इस पर आदर्श और नैतिकता की परिभाषा बदल दी जाएगी ? नहीं, क्योंकि उनके इतने विवाह करने पर भी उनकी अच्छाई और उनके चरित्र में परिवर्तन नहीं आया था | क्योंकि चरित्र का आकलन सिर्फ़ विवाह और शारीरिक संबंधों से ही नहीं किया जा सकता |

अब आ जाइए , नग्नता की तरफ, यानी जो महिला और पुरुष वस्त्र नहीं पहनते उसे आज अश्लीलता माना जाता है | पर जैन धर्म के संस्थापक महावीर स्वामी और दिगम्बर साधु नग्न ही रहते थे | नागा साधु आज भी नग्न रहते हैं | अब आज का मानव उपरोक्त महापुरुषों के चरित्र और नैतिक चाल चलन के नजदीक भी नहीं जा सकता | पर क्या हम उन के निर्वस्त्र रहने को अश्लील मानेगें ? जिसका जवाब है –नहीं | क्योंकि उन्हे वस्त्र पहनने और नग्न रहने में कोई अंतर महसूस ही नहीं होता, क्योंकि वो काम वासना को जीत चुके हैं | वहीं दूसरी ओर अर्ध नग्न स्त्रियों को देखकर भारतीय समाज इन्हे अनैतिक मानता है | इसका कारण है अर्ध नग्नता के पीछे छिपा उद्येश्य जो पुरुषों की काम वासना को भड़काने के लिए किया जाता है |

अब आ जाइए संभोग पर यानी सेक्स पर | जिन्हे आज वर्जित विषय माना जाता है और एक से ज्यादा सेक्स संबंधों को अनैतिक और गलत माना जाता है | पर ऐसे ही किसी समय संभोग को प्राकृतिक माना जाता था यह वर्जित विषय नहीं था | यहाँ तक कि कोई किसी से भी सहमति से, कितनी भी बार संभोग करने के लिए स्वतंत्र था | विवाहित अविवाहित का कोई मुद्दा ही नहीं था | यहाँ तक कि उस समय समलिंगता को भी समाज का समर्थन हासिल था | पर समाज में उस समय छेड़ छाड़ और यौन घटनाएं न के बराबर होती थी |

किसी समय वैद्य मरीजों को अफीम देकर भी इलाज करते थे, इसकी इजाजत थी | वही अफीम, जो प्राकृतिक है , जड़ी बूटियों से बनती है | उस समय घर की शराब यानि गुड से बनी शराब को भी स्वीकृति हासिल थी | पर आज अफीम पर पूर्ण पाबंदी है जबकि घर की बनी शराब पर भी कानूनन पाबंदी है |

कहने का तात्पर्य यह है कि , क्या सही है और क्या गलत है, क्या नैतिक है और क्या अनैतिक है, इसका फैसला हमारे ऊपर शासन करने वाले करते हैं, धार्मिक नेता करते हैं और हमारे दिमाग का धीरे धीरे ब्रेन वाश करते जाते हैं | हमारे आसपास का परिवेश जैसा होता है हम उसके अनुकूल ढलते जाते हैं |एक समय के बाद हम उसे सत्य समझने लगते हैं | और वही हमारे लिए नैतिक और अनैतिक बन जाता है | हम उसके अनुसार ही चरित्रवान और चरित्रहीन का आकलन करते हैं |

एक अच्छे चरित्र से क्या तात्पर्य है ?

एक अच्छे चरित्र से तात्पर्य है कि व्यक्ति समाज के अनुसार बंधी बंधाई परिपाटी पर चलता है और ऐसा कोई काम नहीं करता जो समाज में वर्जित हो |

सम्पूर्ण तथ्यों और सच को जाने बिना किसी के चरित्र को परिभाषित नहीं किया जा सकता | बोलचाल, रहन-सहन, सामाजिक परंपरा , परिस्थिति को अच्छी तरह जानने समझने के बाद ही किसी का चरित्रवान होना या न होना तय किया जा सकता है |

परंतु किसी के सच को जानना हमेशा मुश्किल रहा है, अब तो बिल्कुल असंभव है | हमे बहुत ही शांत चित्त होकर सुनना चाहिए , खुद को उस परिस्थिति में रख के सोचना चाहिए , अपने विचारों को बहुत संयम और धैर्य पूर्वक कहना चाहिए , सुझाव देने के पहले पूरे तथ्यों को ध्यान में रखकर किसी के विषय में धारणा बनानी चाहिए | याद रहे हमारे द्वारा किया गया कोई भी कार्य 'सर्वजन हिताय सर्वजन सुखाय 'की भावना से किया जाना चाहिए |

सच हमेशा बेचारा और अभागा होता है | इसके विपरीत झूठ दबंग होता है और इतना सरल दिखता है कि कई बार हम उसी को सच समझने की भूल करते हैं| आज भी खुदगर्ज ही सबसे अधिक उदारता की बात करता है | चोर ही सजा दिलवाएगा , झूठा व्यक्ति सच का ढोल पीटेगा और बेईमान ईमानदारी की चर्चा करते नहीं थकेगा | जितना बड़ा व्यभिचारी होगा उतना ही चीख चीख के नैतिकता का पाठ पढ़ाएगा |इसका अर्थ यह नहीं कि हम सत्य का कठिनाई भरा रास्ता छोड़ कर झूठ का आसान रास्ता अपना लें याद रहे अंतिम विजय सत्य की ही होती है

- 'सत्यमेव जयते'

किसी के चरित्र पर टिप्पणी करने वाला व्यक्ति वही कहता है जैसा वह खुद होता है | असल में एक अच्छे चरित्र के बारे में जो हमारा नजरिया होता है हम सामने वाले को भी उसी नजरिए से तौलेंगे और हमारा समाज भी वही करता है | जैसी हमारी दृष्टि होगी वैसी हमारी सृष्टि होगी |

कहते हैं ईसा मसीह एक बार पेड़ की छाँव में बैठे थे, तभी एक बदहाल ,बदहवास स्त्री दौड़ी दौड़ी आई और उनके पैरों में गिर के उसे बचाने की विनती करने लगी | ईसा मसीह ने स्वभाव अनुसार प्यार से उसकी बदहवासी का कारण पूछा | उस स्त्री ने रोते हुए बताया कि वह गरीब है और अपना और अपने बच्चों का पेट पालने के वास्ते जो करती है उसे सब अनैतिक और पाप कहते हैं और उसे चरित्रहीन मानते हैं | ईसा मसीह ने उसे प्यार से अपने पास बैठा लिया और शांत रहने को कहा | उत्साहित भीड़ ने वहाँ पहुँच कर ईसा मसीह से उस स्त्री का पक्ष न लेने को कहा | ईसा मसीह ने उन्हे समझाया कि उन्हे उनकी किसी बात से कोई आपत्ति नहीं है, बस वो इतना चाहते हैं कि पहला पत्थर वो चलाए, जिसने आज तक कोई पाप न किया हो और न ही करने का विचार उसके मन में आया हो | यह सुन कर सब ने हाथ के पत्थर फेंक दिए |

स्त्री और पुरुष की चरित्रहीनता से जुड़ा एक प्रसंग हमे उज्जैन के राजा भर्तृहरी की कथा से मिलता है | कथा के अनुसार राजा विक्रमादित्य के भाई भर्तृहरी थे | कहा जाता है कि उस समय के महान योगी गोरखनाथ का शहर में आगमन हुआ और वे राजा के दरबार में पहुंचे तो राजा भर्तृहरी ने उनका जोरदार आदर सत्कार किया | जिससे प्रसन्न होकर गुरु गोरखनाथ ने राजा को एक फल दिया और कहा कि इसे खाने से वह सदैव युवा एवं सुंदर बने रहेंगे और साथ ही हरदम जोश में रहेंगे यानि कभी बुढ़ापा नहीं आएगा |

ये वरदान पाकर राजा ने पुन: उनका आदर सत्कार किया और उन्हे विदा किया | परंतु उनके जाने के बाद राजा ने सोचा कि उन्हे जवानी और सुंदरता की क्या आवश्यकता है | तो अचानक उनके मन में ख्याल आया कि क्यों न यह फल उनकी प्रिय रानी पिंगला को दिया जाए | पिंगला

राजा की तीसरे नंबर की अति सुंदर पत्नी थीं | उन्होंने सोचा कि यह फल पिंगला खा लेगी तो वह सदैव सुंदर और युवा बनी रहेगी |

अपनी तीसरी पत्नी पर राजा अत्यधिक मोहित थे | परंतु रानी पिंगला राजा पर नहीं बल्कि उस राज्य के कोतवाल पर मरती थी जो बात राजा नहीं जानते थे | जब राजा ने वह चमत्कारी फल रानी को दिया तो रानी ने सोचा कि क्यों न यह फल कोतवाल को दे दिया जाए इससे वह लंबे समय तक उसकी इच्छाओं की पूर्ती करता रहेगा | रानी ने यह सोचकर वो चमत्कारी फल कोतवाल को दे दिया | लेकिन सबसे आश्चर्य की बात तो यह निकली की कोतवाल एक वैश्या से प्रेम करता था रानी से नहीं |और उसने उस चमत्कारी फल उस वैश्या को यह सोचकर दे दिया की वह इसे खा कर सदा के लिए जवान और सुंदर बनी रहेगी जिसके चलते उसकी इच्छाओं की पूर्ती होती रहेगी |

परंतु वैश्या को जब वो फल मिला तो उसने सोचा कि अगर वो इसे खा लेगी तो वह सदा के लिय जवान और सुंदर बनी रहेगी तो उसे यह अपमानजनक कार्य हमेशा के लिए करना ही पड़ेगा | इस नरक से उसको मुक्ति नहीं मिलेगी | इसलिए वैश्या ने सोचा कि इस फल की सबसे ज्यादा जरूरत तो हमारे दयालु राजा को है | क्योंकि अगर वो हमेशा के लिए जवान रहेंगे तो लंबे समय तक प्रजा को सुख-सुविधाएं मिल सकेंगी |

यही सोच-विचार करके वैश्या ने वो चमत्कारी फल राजा को दे दिया जिसे पाकर राजा हैरान रह गए | इसी हैरानी भरे भाव से उन्होंने पूछा कि यह फल उसे कहाँ से प्राप्त हुआ | वैश्या ने बताया कि यह फल उसे उसके प्रेमी कोतवाल ने दिया है | राजा ने तुरंत कोतवाल को बुलवाया और पूछा कि उसे यह फल किसने दिया तो उसने बहुत सख्ती करने के बाद बताया कि यह फल उसे रानी पिंगला ने दिया |इस सच को सुनकर राजा दंग रह गए , जैसे उनके पैरों तले जमीन खिसक गई हो | अब वे सारा माजरा समझ गए कि रानी पिंगला उन्हे धोखा दे रही है | अपनी प्रिय पत्नी के धोखे से राजा के मन में वैराग्य उत्पन्न हो गया और वे अपना सम्पूर्ण राज्य विक्रमादित्य को सौंपकर उज्जैन की एक गुफा में तपस्या करने चले गए और 12 वर्षों तक वहाँ तपस्या की | राजा भर्तृहरी

ने कई ग्रंथ लिखे उनमें 'वैराग्य शतक' शृंगार शतक' और 'नीति शतक' काफी चर्चित हैं |

चरित्र संबंधी मापदण्ड स्त्री और पुरुष के लिए अलग अलग नहीं हो सकते

कल तक पुरुष अपने अपने पूर्वाग्रह और घृणा को 'चरित्रहीन ' जैसे शब्द से व्यक्त करते थे, ठीक उसी तरह आज कई महिलाओं ने जिन्होंने नारी मुक्ति आंदोलन के झंडे तले अपनी हिंसा को छुपा रखा है , अब 'चरित्रहीन' शब्द का इस्तेमाल अपने पूर्वाग्रह और घृणा से कर रहीं हैं |

इसका सबसे बड़ा उदाहरण है - #Me Too | सोशल मीडिया में इस अभियान की शुरुआत की गई | इस अभियान के जरिए दुनिया भर की महिलायें अपने साथ हुई यौन-उत्पीड़न की आपबीती सोशल मीडिया पर साझा किया | इस आंदोलन की शुरुआत हॉलीवुड अभिनेत्री एलीसा मिलाने ने ट्वीटर पर की | उन्होंने हॉलीवुड फिल्म निर्माता हार्वे पर अपने यौन-शोषण का आरोप लगाया और ट्वीट के जरिए लोगों को मी टू के साथ अपने बुरे अनुभव साझा करने के लिए कहा | साथ में उन्होंने लिखा कि 'अगर आपका भी यौन-शोषण हुआ है या आप पर यौन हमला हुआ है, तो जवाब में "हैशटैग मी टू " लिखें '|

बेहद कम समय में इस अभियान को दुनिया भर में इस कदर समर्थन मिला कि करोड़ों की संख्या में महिलाओं ने सोशल मीडिया में इस हैशटैग के साथ अपने साथ हुई यौन-उत्पीड़न की घटना के बारे में साझा करना शुरू कर दिया | भारतीय महिलाओं ने भी इस अभियान के जरिए अपने साथ हुई यौन उत्पीड़न की घटना के बारे में लिखना शुरू कर दिया | इतनी अधिक संख्या में महिलाओं के साथ होने वाली यौन-उत्पीड़न की घटनाएं हैरान करने वाली है | किसी महिला ने बचपन में अपने साथ हुई यौन-उत्पीड़न की घटना को साझा की तो किसी ने पी एच डी के दौरान गाईड पर यौन-उत्पीड़न का आरोप लगाया |

चरित्रहीन पुरुष हो या चरित्रहीन स्त्री दोनों ही गलत होते हैं | आजकल बहुत से ऐसे लोग हैं जो इन्ही स्त्रियों के सताये हुए होते हैं और उनकी सुनने वाल कोई नही होता है | आज आधुनिकता का नंगा नाच हो रहा है | और औरतें आधुनिकता के नाम पर छोटे कपड़े पहनना अपनी

शान समझती हैं | एक तरफ यही लोग बलात्कार जैसे अपराध रोकने की बात करते हैं और दूसरी ओर फिल्मों के अंदर अश्लीलता परोसते हैं |

समाज के अंदर जो चरित्रहीनता आई है वह इसी आधुनिकता का परिणाम है | जो लोग महिला चरित्रहीनता को नहीं मानते है यदि उनसे पूछा जाए कि क्या वे चरित्रहीन महिला से शादी करेंगे तो यही लोग साफ मुकर जाएंगे|

यहाँ पर सबसे पहले हमे चरित्रहीनता के अर्थ को सही रूप में समझने की जरूरत है | चरित्रहीन स्त्री से कतई यह मतलब नहीं है कि वह अपनी शादी से पूर्व किस इंसान के साथ थी | इसका अर्थ यह है कि वह वर्तमान में अपने पति के अलावा किसी और मर्द के साथ रिश्ते में है | तो समझा जा सकता है कि इस प्रकार के रिश्ते को कौन झेलेगा | जब कोई महिला एक प्रेमी या पति के रहते दूसरे पुरुष के साथ संबंध बनाती है तो वह स्त्री चरित्रहीन कही जाती है |

वैदिक काल में नारी की स्थिति

यत्र नार्यस्तु पूज्यंते रमंते तत्र देवताः ।
यत्रैतास्तु न पूज्यंते सर्वास्तत्राफलाः ||
- अथर्ववेद

जिस कुल में नारियों की पूजा, अर्थात सत्कार होता है, उस कुल में दिव्यगुण,दिव्य भोग और उत्तम संतान होती है और जिस कुल में स्त्रियों की पूजा नहीं होती, वहाँ निश्चित है कि सब क्रियाएं निष्फल होती हैं |

आज से दस हजार साल पहले आर्य या कहें कि वैदिक काल में नारी की स्थिति क्या थी यह सभी के लिए विचारणीय हो सकता है | नारी की स्थिति से समाज और देश के सांस्कृतिक और बौद्धिक स्तर का पता चलता है | यदि नारी को धर्म, समाज और पुरुष के नियमों में बांधकर रखा गया है तो उसकी स्थिति बदतर ही मानी जा सकती है |

किन्तु जिन्होंने वेद-गीता पढे हैं वे अच्छी तरह जानते हैं कि दस हजार वर्ष पूर्व जबकि मानव जंगली था, आर्य पूर्णत: एक सभ्य समाज में बदल चुके थे | तभी तो वेदों में जो नारी की स्थिति का वर्णन है उससे पता चलता है कि उनकी स्थिति आज के समाज से कहीं अधिक आदरणीय और स्वतंत्रपूर्ण थी |

1. वैदिक काल में कोई भी धार्मिक कार्य नारी की उपस्थिति के बगैर शुरू नहीं होता था | उक्त काल में यज्ञ और धार्मिक प्रार्थना में यज्ञकर्ता या प्रार्थनाकर्ता की पत्नी का होना आवश्यक माना जाता था |

2. नारियों को धर्म और राजनीति में भी पुरुष के समान ही समानता हासिल थी | वे वेद पढ़ती थीं और पढ़ाती भी थीं | मैत्रेयी, गार्गी जैसी नारियां इसका उदाहरण हैं | ऋग्वेद के ऋचाओं में लगभग 414 ऋषियों के नाम मिलते हैं जिनमें से 30 नाम महिला ऋषियों के हैं | यही नहीं नारियां युद्ध कला में भी पारंगत होकर राजपाट भी संभालती थी |

3. शतपथ ब्राह्मण में कहा गया है कि नारी नर की आत्मा का आधा भाग है | नारी के बिना नर का जीवन अधूरा है इस अधूरेपन को दूर करने और संसार को आगे चलाने के लिए नारी का होना जरूरी है | नारी को वैदिक युग में देवी का दर्जा प्राप्त था |

4. ऋग्वेद में वैदिक काल में नारियां बहुत विदुषी और नियम पूर्वक अपने पति के साथ मिलकर कार्य करने वाली और पतिव्रत धर्म का पालन करने वाली होती थी | पति भी पत्नी की इच्छा और स्वतंत्रता का सम्मान करता था |

5. वैदिक काल में वर तलाश करने के लिए वधू की इच्छा सर्वोपरि होती थी | फिर भी कन्या पिता की इच्छा को भी महत्व देती थी | यदि पिता को कन्या के योग्यवर नहीं लगता था तो वह पिता की मर्जी को भी स्वीकार करती थी |

6. बहुत सी नारियां यदि अविवाहित रहना चाहती थीं तो अपने पिता के घर में सम्मान पूर्वक रहती थी | वह घर परिवार के हर कार्य में साथ देती थी | पिता की संपत्ति में उनका भी हिस्सा होता था |

7. सनातन वैदिक हिन्दू धर्म में जहां पुरुष के रूप में देवता और भगवानों की पूजा-प्रार्थना होती थी वहीं देवी के रूप में मां सरस्वती , लक्ष्मी और दुर्गा का वर्णन मिलता है | वैदिक काल में नारियां मां, देवी, साध्वी, गृहणी, पत्नी और बेटी के रूप में ससम्मान पूजनीय मानी जाती थीं |

8. बाल विवाह की प्रथा तब नहीं थी | नारी को पूर्ण रूप से शिक्षित किया जाता था | उसे हर वह विद्या सिखाई जाती थी जो पुरुष सीखता

था –जैसे वेद ज्ञान, धनुर्विद्या, नृत्य, संगीत शास्त्र आदि | नारी को सभी कलाओं में दक्ष किया जाता था उसके बाद ही उसके विवाह के संबंध में सोचा जाता था | इसके कई उदाहरण मिल जाएंगे|

ऐसे हुआ नारी का पतन :

महाभारत युद्ध के बाद नारी का पतन होना शुरू हुआ | इस युद्ध के बाद समाज बिखर गया, राष्ट्र राजनीतिक शून्य हो गया था और धर्म का पतन भी हो चला था | युद्ध में मारे गए पुरुषों की स्त्रियाँ विधवा होकर बुरे दौर में फंस गई थी |

राजनीतिक शून्यता के चलते राज्य असुरक्षित होने लगे | असुरक्षित राज्य में अराजकता और मनमानी बढ़ गई | इस वजह से नारियां सामाजिक , धार्मिक, आर्थिक और सांस्कृतिक शोषण की शिकार होने लगी | फिर भी यह दौर नारियों के लिए उतना बुरा नहीं था जितना की मध्य काल रहा |

पुराने समय में पुरुष के साथ चलने वाली नारी मध्य काल में पुरुष की संपत्ति की तरह समझी जाने लगी | इसी सोच की वजह से नारियों की स्वतंत्रता खत्म हो गई | मध्य काल में नए नए जन्मे तथाकथित धर्मों ने नारी को धार्मिक तौर पर दबाना और शोषण करना शुरू किया |

धर्म और समाज के जंगली कानून ने नारी को पुरुष से नीचा और निम्न घोषित कर उसे उपभोग की वस्तु बनाकर रख दिया | वैदिक युग की नारी धीरे धीरे अपने देवीय पद से नीचे खिसककर मध्यकाल के सामंतवादी युग में दुर्बल होकर शोषण का शिकार होने लगी |

तथाकथित मध्यकालीन धर्म ने नारी को पुरुषों पर निर्भर बनाने के लिए उसे सामूहिक रूप से पतित अनधिकारी बताया | उसके मूल अधिकारों पर प्रतिबंध लगाकर पुरुष को हर जगह बेहतर बताकर नारी के अवचेतन में शक्तिहीन होने का एहसास जगाया गया जिसके परिणामस्वरूप उसे आसानी से विद्याहीन, साहसहीन कर दिया जाए | समाज, देश और धर्म ने नारी को अनुपयोगी बनाया ताकि वह अपने जीवन यापन,इज्जत और आत्मरक्षा के लिए पूर्णत : पुरुष पर निर्भर हो जाए |

इन सभी तरह के भय और दहशत के माहौल के चलते हिंदुओं में भी परदा प्रथा , बाल विवाह प्रथा और नारियों को शिक्षा से दूर रखने का चलन बढ़ गया |

हे नारी ! तू स्वयं को पहचान | तू शेरनी है , तू शत्रु रूप मृगों का मर्दन करने वाली है, देवजनों के हितार्थ अपने अंदर सामर्थ्य उत्पन्न कर | हे नारी ! तू अविद्या आदि दोषों पर शेरनी की तरह टूटने वाली है, तू दिव्य गुणों के प्रचारार्थ स्वयं को शुद्ध कर | हे नारी ! तू दुष्कर्म एवं दुर्व्यसनों को शेरनी के समान विध्वंस करने वाली है, धार्मिक जनों के हितार्थ स्वयं को दिव्य गुणों से अलंकृत कर | - **यजुर्वेद 5/10**

चरित्रवान पुरुष के क्या लक्षण हैं ?

आचार्य चाणक्य के अनुसार जिस प्रकार सोने की परख तपकर, पीसकर और काट-पीट कर की जाती है , उसी प्रकार व्यक्ति की परख उसके गुणों से की जाती है | व्यक्ति के गुण ही उसके आचरण को दर्शाते हैं | आचार्य ने किसी भी पुरुष को समझने के लिए उसमें चार गुणों का होना जरूरी बताया है :

यथा चतुर्भिः कनकं परीक्ष्यते , निघर्षणच्छेदनतापताडनै : |
तथा चतुर्भीः पुरुषः परीक्ष्यते, श्रुतेन ,शीलेन गुणेन कर्मणा ||

1. पहला गुण है दान, दान का सीधा सा अर्थ है देने की भावना, दान हमेशा दूसरों की मदद के लिए होता है | जरूरी नहीं कि दान हमेशा धन का ही किया जाए, जरूरत के अनुसार निःस्वार्थ भाव से किसी का मार्गदर्शन करना या अपना समय देकर किसी अन्य तरह से उसकी मदद करना भी दान कहलाता है | यदि किसी व्यक्ति में दान करने की भावना है तो ये उसकी नेकी को दर्शाता है |

2 .दूसरा गुण है शीलता | शीलता के गुणों की अपेक्षा हमेशा महिलाओं से की जाती है,लेकिन वास्तव में शील, संस्कार और सदाचार जितने महिला में जरूरी हैं, उतने ही पुरुषों में भी हैं | सज्जन और सुशील पुरुष को हर जगह सम्मान मिलता है | पुरुषों का ये गुण भी उनकी अच्छाई को दिखाता है |

3. व्यक्ति गुणी है या नहीं ये उसके तौर-तरीकों से पहचाना जा सकता है | व्यक्ति की चाल-ढाल और भाव भंगिमाएं भी काफी कुछ

कहती हैं | यदि आप उसके तौर-तरीकों को गौर से देखेंगे तो आपको अवगुणी व्यक्ति आसानी से समझ में आ जाएगा |

4. किसी व्यक्ति का आचरण उसके व्यवहार से प्रदर्शित होता है | इसलिए जब भी किसी से मिलें तो उसके व्यवहार पर जरूर ध्यान दें | अच्छे आचरण वाला पुरुष ज्यादातर मिलनसार और सामाजिक होता है |

वर्तमान समय में चरित्रहीन स्त्री के लक्षण क्या हैं ?

यदि कोई महिला चरित्रहीन है तो वह अपने पति या प्रेमी का अनादर करेगी | और वह भी बिना किसी कारण से उसको ताना मारेगी | हाँ यदा कदा अनादर करना कोई बड़ी बात नहीं है लेकिन चरित्रहीन स्त्री हमेशा ही अपने पति या प्रेमी को पसंद नहीं करेगी | इस वजह से वह उसका अपमान करने की कोशिश करेगी | यदि कोई महिला मित्र या पत्नी बार बार बिना किसी कारण से उसे कोस रही है तो समझ जाना चाहिए कि कहीं कुछ तो गड़बड़ है |

इसके पीछे का मनोविज्ञान यह होता है कि महिला को पर पुरुष के अंदर सब कुछ अच्छा नजर आता है वह उसे ही सब मानती है | वह नहीं चाहती है कि वह वर्तमान पति या प्रेमी के साथ रहे | इसलिए वह जाने और अनजाने में अपने पुरुष पति या प्रेमी को कोसने लगती है |

दूसरा लक्षण है -मोबाईल फोन की गोपनीयता रखना | अधिकतर जो चरित्रहीन स्त्री होती हैं वे अपने पति को अपना मोबाइल कभी नहीं सौंपती हैं | यदि आपकी पत्नी आपको अपना मोबाइल फोन नहीं सौंपती है और फोन आने पर उठाने से भी मना करती है तो समझ लेना चाहिए कि कुछ ना कुछ गड़बड़ है क्योंकि पति पत्नी में इस तरह की गोपनीयता कहीं पर भी देखने को नहीं मिलेगी |

पत्नी का मोबाइल आपको नहीं देने का अर्थ यह है कि उसके अंदर उसकी कुछ ऐसी चीजें हैं जो उसको चरित्रहीन साबित कर सकती हैं या कुछ ना कुछ गलत हो रहा है | जब आपको इसके बारे में आगे तहकीकात करनी चाहिए | हालांकि यह 100 फीसदी सच भी नहीं है कि पत्नी आपको मोबाइल ना दे तो वह चरित्रहीन ही हो | उसके पीछे कई और भी कारण हो सकते हैं लेकिन कुछ गड़बड़ अवश्य है | आम तौर पर शादी

शुदा चरित्रहीन महिलायें अपने प्रेमी के साथ फोन से बातें करतीं हैं और एक दूसरे की फ़ोटो भी शेयर भी करते रहती हैं |

तीसरा लक्षण है –बार बार घर से बाहर जाना | यदि आपकी पत्नी बार बार बिना कारण बहाने बनाती हुई अकेले घर से बाहर जाती है तो यह चरित्रहीनता के संकेत हो सकते हैं | आमतौर पर इस प्रकार की महिलायें अकेली घर से बाहर जाती हैं और उसके बाद अपने प्रेमी से मिलती हैं | यदि आपकी पत्नी बार बार बिना किसी कारण घर से अकेले बाहर जाने की कोशिश करती है तो आपको उसके पीछे जाना चाहिए और देखना चाहिए कि कहीं कुछ गड़बड़ तो नहीं चल रहा है | आमतौर पर इस प्रकार की महिलाओं को यदि आप जाने से रोकते हैं तो वे बहुत ही दुखी हो जाती हैं और कई बार अपने पति से झगड़ने भी लगती हैं |

चौथा लक्षण है – परिवार जनों के साथ बुरा व्यवहार | यदि पत्नी चरित्रहीन है तो वह आपके परिवार पर कभी भी ठीक से ध्यान नहीं दे पाएगी | वह आप पर भी ध्यान नहीं देगी | और घर के काम को ठीक से नहीं करेगी | आपके माता-पिता और घर के सदस्यों के साथ बार बार झगड़ा कर सकती है | ऐसी स्थिति के अंदर आपको संभल जाना चाहिए | जबकि एक आम भारतीय महिला जो अपने पति से प्रेम करती है वह उसके परिवार को भी अच्छे से अच्छा करने की कोशिश करती है | इसके विपरीत चरित्रहीन महिला परिवार के अन्य सदस्यों से अलग हो जाने की बात भी कह सकती है |

यदि आपकी पत्नी पहले से ही ऐसा कर रही है तो वह संभव है वह इस स्वभाव की हो तो आप उसके बारे मे पता कर सकते है | लेकिन यदि शादी के कुछ साल बाद ऐसा कर रही है तो उसके बाद आपको इस बारे में गंभीरता से सोचने की आवश्यकता है |

पाँचवां लक्षण है – बिना कारण गुस्सा और चिड़चिड़ापन | वैसे गुस्सा और चिड़चिड़ापन तनाव की वजह से हो सकता है लेकिन यदि आपकी पत्नी रोजाना इसी प्रकार से गुस्सा करती है | बिना बात पर गुस्सा करने लगती है और आपको लेकर यह जाहिर करने की कोशिश करती है कि आप उसे पसंद नहीं हैं तो उसकी दृष्टि कहीं और हो सकती है | आमतौर पर चरित्रहीन महिलायें काफी गुस्सैल तब हो जाती हैं जब

वे अपने प्रेमी से बात नही कर पाती हैं | और दोनों के बीच मे आप रोड़ा बन जाते हैं | आप इस बारे में विस्तार से जानकारी हासिल कर सकते हैं | और अपनी पत्नी को इस बारे में पूछ सकते हैं यदि वह कुछ बताने मे आना कानी करती है तो समझ लेना चाहिए कुछ ना कुछ गड़बड़ है |

छठवाँ लक्षण है – अधिक सजना और संवरना लेकिन पति के प्रति बेरुखी | यदि आपकी पत्नी अधिक सजती है ,शीशे के सामने खड़ी रहती है तो यह आम बात है क्योंकि अधिकतर महिलायें सजने और संवरने में काफी समय लगाती ही हैं | लेकिन यदि वह सजने और संवरने पर अधिक ध्यान देती हैं पर अपने पति पर कोई ध्यान नहीं देती हैं तो आपको इस बारे में सोचने की जरूरत है | क्योंकि ऐसी स्थिति में वह किसके लिए इतनी तैयार होती है यह सवाल आपके दिमाग मे आएगा | बेवफा पत्नियों के मामलों को देखने पर पाया गया कि बेवफा महिलायें सजने और संवरने मे तो काफी अधिक समय लगाती थी लेकिन अपने पति से दूरी बनाए रखना पसंद करती थीं |

सातवाँ लक्षण है- कानाफूसी | एक चरित्रहीन महिला के बारे में आपको कानाफूसी जरूर मिल जाएगी | यदि कोई महिला आपके आस-पास अपने पति को धोखा दे रही है तो उसके बारे में बोलने वाले बहुत से लोग मिल जाएंगे | यदि आप किसी महिला के बारे में इस तरह की बातें दूसरे लोगों से सुनते हैं तो आपको समझ जाना चाहिए कि कहीं न कहीं गड़बड़ है | उसके बाद आप खुद अपने स्तर पर पता लगा सकते हैं | हालांकि जरूरी नहीं है कि आप अपनी पत्नी को यह सब सुनने मात्र से ही कसूरवार मान लें वह सही भी हो लेकिन खुद सुनिश्चित कर लेना जरूरी है |

आठवाँ लक्षण है –पति के प्रति लापरवाह हो जाना | चरित्रहीन स्त्री के लक्षण लापरवाही भी हो सकता है | एक महिला अपने पति के प्रति लापरवाह हो जाती है जब वह चरित्रहीन होती है हालांकि वह कुछ अन्य कारणों से भी लापरवाही बरत सकती है लेकिन अन्य कारण है तो आपके पूछने पर वह आपको आसानी से बता देगी | लेकिन यही कारण है तो वह आपको कुछ भी साफ साफ नहीं बताएगी और हमेशा अपना बचाव करने की कोशिश करेगी | यदि वह आपकी परवाह करना बंद कर चुकी

है तो इसका एहसास आपको अपने आप ही हो जाएगा |

नौवां लक्षण है _ अधिक झूठ बोलना और बहाने बनाना | चरित्रहीन स्त्री का एक यह लक्षण भी हो सकता है | यदि कोई महिला चरित्रहीन होती है तो वह अपने अनैतिक रिश्ते को छुपाने के लिए अधिक झूठ का सहारा लेती है | अक्सर पढ़ने के नाम पर लड़कों के साथ घूमना और घरवालों के साथ धोखा करना बहुत आम बात है | यदि महिला चरित्रहीन है तो वह बातों को दबाने की कोशिश करेगी | एक समाचार मेंआया कि पति को शक हो गया कि उसकी बीवी चरित्रहीन है क्योंकि वह बार बार माइके जा रही थी और पूछने पर सही सही जवाब न देकर झूठ बोल रही थी | उसके बाद पति ने जब छानबीन की तो पता चला की उसकी पत्नी कॉल गर्ल का काम करती थी |

दसवां लक्षण है –पति के साथ कम समय बिताना | यदि कोई स्त्री आपकी पत्नी है और आपसे प्यार करती है तो वह आपके साथ अधिक से अधिक समय बिताएगी, आपके साथ खुश रहेगी | लेकिन यदि वह आपके साथ बहुत ही बोरियत महसूस करती है और आपके आने से वह काफी दुखी दिखाई देती है तो कुछ समस्या है और आपको इसका कारण जाना चाहिए | आप अपनी पत्नी से बात कर सकते हैं | यदि वह आपसे सच में प्यार करती है तो साफ साफ बताएगी कि समस्या क्या है |एक चरित्रहीन महिला आपको हमेशा धोखे में रखने की कोशिश करती है |

चरित्र हीनता का अर्थ है -जो आपको धोखा दे | याद रखिए चरित्रहीना का सीधा अर्थ यह है कि जो महिला आपके सामने झूठ बोलकर दूसरे मर्दों के साथ रिश्ते कायम रखती है | लेकिन कुछ ऐसी महिलाएं हैं जो अपने पति के साथ नहीं रहना चाहती हैं और उनको साफ साफ बता चुकी होती हैं | ऐसी महिलायें चरित्रहीन नहीं होती हैं | यही बात पुरुषों पर लागू होती है |

ग्यारहवाँ लक्षण है -स्त्री से अधिक व्यक्तियों के करीबी संबंध भी संकेत हो सकते हैं | यह कोई जरूरी नहीं है लेकिन कई मामलों मे यह देखा गया है कि पहले महिला को अपने जाल में फँसाने वाले पुरुष उसके घर आना जाना शुरू करते हैं और उसके बाद उससे नजदीकियाँ बढ़ाते हैं फिर उसे अपने प्यार के जाल मे फंसा लेते हैं | और प्यार मे अंधी महिला

गलत फैसला ले लेती है |

बारहवाँ लक्षण है –लंबे समय तक मोबाइल पर बातें करना |चरित्रहीन स्त्री के लक्षण - लंबे समय तक छुप कर बातें करती रहती हैं | यदि आपकी पत्नी लंबे समय तक एकांत मे किसी से बातें करती है तो आपको सावधान हो जाना चाहिए | वैसे तो महिलायें अपनी सहेलियों से भी बातें करती हैं लेकिन उसमे उनको किसी भी तरह की गोपनीयता की जरूरत नहीं होती है | यदि वह आपसे छुप कर बातें करती है तो फिर हो सकता है वह अपने पुरुष मित्र से बात कर रही हो |आपको इस बारे में अधिक छानबीन की जरूरत हो सकती है |

तेरहवाँ लक्षण है –यौन संबंध बनाने में अरुची | यदि महिला एक दम से सही है उसे किसी तरह की समस्या नहीं है तो वह अपने पति को हर प्रकार का सुख देना चाहेगी | लेकिन यदि वह अपने पति को धोखा दे रही है तो फिर वह उससे संबंध बनाने में अरुचि रखेगी | और बार बार किसी बहाने को लेकर ताना देगी | हालांकि ऐसा और कारणों से भी हो सकता है |

चरित्रहीन पुरुष के लक्षण क्या हैं ?

चरित्रहीन पुरुष वासना का पुजारी होता है | पराई स्त्री पर हमेशा बुरी नजर डालना उसका मकसद होता है |वह सिर्फ वासना का आनंद लेना चाहता है | वो अगर किसी स्त्री से प्यार की बातें भी करेगा तो वह भी वासना भरी होगीं | चरित्रहीन पुरुष बहुत कम समय में स्त्रियों को विश्वास में ले लेगा | जबकि देखा जाए तो विश्वास एक ऐसी गुत्थी है जिसको बहुत अधिक समय की जरूरत होती है | अगर किसी स्त्री का संबंध किसी ऐसे पुरुष से है तो उसे यह ध्यान रखना चाहिए कि कहीं बहुत जल्दी वह पुरुष पर विश्वास तो नहीं कर रही है | चरित्रहीन पुरुष की हर कोशिश एकदम सटीक होती है वो पहले से ही जाल बिछाने में माहिर होता है |

चरित्रहीन पुरुष धोखेबाज होता है | जो अपने लोगों को मुसीबत के वक्त छोड़ कर भाग जाए या खुद को बचाने हेतु दूसरों को फँसाये, अपने निजी फायदे हेतु झूठ बोल कर अन्य लोगों का नुकसान कराए , जो स्त्रियों का सम्मान न करे बल्कि उन्हे अपमानित और प्रताड़ित करे ऐसे

पुरुष को चरित्रहीन कहा जा सकता है|

चरित्रहीन पुरुष किसी का सम्मान नहीं करता , चाहे वो उसके माता-पिता , पत्नी, बच्चे ,पड़ोसी या अन्य कोई भी हो , उसके अहंकार के आगे उसे सब बौने लगते हैं | वह उन्हे अपमानित और उन पर अत्याचार भी करता है | झूठ बोलना या जरूरत से ज्यादा बोलना उसकी आदत होती है | उसे उसके क्रोध पर, कर्म पर या वाणीं पर कोई नियंत्रण नहीं होता | उसका आचरण मनसा, वाचा कर्मणा से विपरीत होता है

चरित्रहीनता के कारण क्या हैं ?

यदि हम बात करें स्त्री चरित्रहीनता की तो इसके पीछे कई कारण छुपे हुए हैं | आधुनिकता के नाम पर समाज का नैतिक पतन ही इसका सबसे बड़ा कारण रहा है | आने वाले 100 सालों के अंदर इंसानों का नैतिक पतन बहुत ही तेजी से होगा और पुरुष और महिलाओं में चरित्रहीनता तेजी से बढ़ेगी |

यदि हम रिसर्च पर नजर डालें तो पता चलेगा कि पुरुष महिलाओं की तुलना मेंअधिक बेवफा होते हैं |इसके पीछे का कारण यह है कि पुरुष समाज के अंदर अधिक खुले हुए हैं |

पहला कारण है –नैतिक समझ की कमी | स्त्री हो या पुरुष चरित्रहीनता का सबसे बड़ा कारण - नैतिकता की समझ नहीं होना ही है | आज जो शिक्षा इंसानों को दी जाती है उसके अंदर नैतिकता के बारे में कुछ भी नहीं सिखाया जाता है | बस बच्चे अपने माता पिता से ही नैतिकता सीखते हैं और वो भी बेकार ढंग से | और जब किसी इंसान को नैतिक चीजें ही सही ढंग से नहीं सिखाई जाती हैं तो आप समझ सकते हैं कि वह क्या करेगा ? ऐसी दशा मे उसे वासनाए जकड़ लेंगी और उसका विवेक नष्ट हो जाएगा | इस दुनिया में ऐसे बहुत से लोग हैं जिनकी नजर में सेक्सुअल आनंद के अलावा कोई भी चीज उपयोगी नहीं है | और इस तरह के लोगों से आप चारित्रता की अपेक्षा कैसे कर सकते हैं | ऐसी स्त्री भी अनेक है तो पुरुष भी अनेक हैं |

जब एक बच्ची बड़ी होती है तो उसे यह कोई नहीं बताता है कि उसे किस तरह से लड़कों के साथ दोस्ती करनी चाहिए और किनके साथ नहीं करनी चाहिए ? इस प्रकार की अनेक बातें बतानी होती हैं लेकिन माता

पिता को पैसा कमाने से फुरसत नहीं मिलती | ऐसी स्थिति के अंदर संबंध का खराब होना लाजमी ही होता है | माता पिता को चाहिए कि वे अपने बच्चों को कम से कम नैतिकता को तो सही ढंग से सिखाएं |ऐसे बहुत से माता पिता है जो पहले अपने बच्चों की फिक्र नहीं करते हैं लेकिन कुछ बुरा होने के बाद अपने भाग्य को कोसने लगते हैं |

धार्मिक शिक्षा की कमी : समाज में महिला चरित्रहीनता तब अधिक होने लगती है जब लोग अपने धर्म से कट जाते हैं और अपने स्वार्थ की पूर्ति में लग जाते हैं | ऐसी स्थिति में आप किसी से कुछ अच्छा करने की उम्मीद भी नहीं कर सकते हैं | धार्मिक शिक्षा ही वह शिक्षा होती है जो इंसान को गलत करने से रोकती है | आज आप देख रहे हैं कि जैसे जैसे धर्म की सत्ता कमजोर होती जा रही है और भौतिक सत्ता बढ़ती जा रही है इंसान अपने जंगली रूप में वापस आता जा रहा है |

एक स्त्री या पुरुष की चरित्रहीनता से समाज पर क्या प्रभाव पड़ता है ?

इस सवाल का जवाब यदि कोई विज्ञान से पूछेगा तो उसकी नजर मे यह कोई अपराध नहीं है तो फिर हम यह मान लेते हैं कि यह सही है | जिसके परिणाम स्वरूप समाज के अंदर भोग विलास की प्रवृत्ति बढ़ती है और उस समाज का पतन होता है |

हिन्दू धर्म के अंदर तो परस्त्री को बुरी नजर से देखना ही पाप बताया गया है और इसी प्रकार से स्त्री को भी अपना स्त्री धर्म निभाने के बारे में कहा गया है और दुश्चरित्र स्त्री को नरक की यातना भोगने के लिए तैयार रहने को बताया गया है | नरक कोई काल्पनिक स्थान नहीं है बल्कि इस धरती पर इंसान अपने कर्मों के अनुसार स्वर्ग और नरक अर्थात सुख और दुख का भोग करता है |

लेकिन कलयुग के अंदर समाज का पतन हुआ तो लोगों की बुद्धि का पतन होना ही था | बहुत से लोग सिर्फ भौतिक जगत मे विश्वास करते हैं और खुद के अंदर क्षमताओं का विकास नहीं कर पाने की वजह से समाज मे पाखंड फैल गया | आज देश में धर्म गुरू तो बहुत हैं लेकिन अधिकतर केवल किताबी भाषा जानते हैं उनके पास खुद का कोई अनुभव नहीं है |

भोग विलास की प्रवृत्ति बढ़ना : यह निश्चित है कि यदि समाज का एक बड़ा तबका भोग विलास के अंदर बुरी तरह से डूब जाए तो आने आली संताने भी उसी प्रकार की पैदा होती हैं और फिर उस देश और समाज का पतन होता है | आज लोग अपनी वासनाओं की पूर्ति के लिए कुछ भी करने को तैयार हैं | यदि एक नजर रेप के मामलों पर डालेंगे तो पता चलेगा कि समाज के अंदर लोगों में भोग विलास की प्रवृत्ति बहुत अधिक बढ़ चुकी है |इस भोग विलास के अंदर केवल पुरुष ही नहीं वरन महिलायें भी शामिल हैं | आज महिलाओं के अंदर मानसिक रूप से संबंधों के प्रति जागरूकता बहुत ही जल्दी आ जाती है | और उसके बाद क्या होता है इसे आसानी से समझा जा सकता है |

यह भोग विलास की प्रवृत्ति सिर्फ कम उम्र की महिलाओं को प्रभावित ही नहीं करती है वरन परिपक्व औरतों को भी प्रभावित करती है | संबंधों के अंदर खुलापन का आना इसी बात का एक उदाहरण है | जिस तरीके से पुरुष अधिक से अधिक शारीरिक आनंद लेना चाहते है वहीं महिलायें भी लेना चाहती हैं | इस वजह से ही पुरुष और महिलायें चरित्रहीन हो जाते है | हर इंसान के अंदर अधिक से अधिक आनंद को पाने की होड़ लगी हुई है | और इस होड़ के अंदर समाज और लोग अंधे हो चुके है |

मर्द तो यह शान से बोलते हैं कि उनकी बहुत सी गर्ल फ्रेंड हैं | और दूसरे पुरुष उनको बधाई देते हैं तो आप समझ सकते हैं कि समाज की दिशा क्या है ? इस प्रकार के समाज मे आप चरित्रता की उम्मीद कैसे कर सकते हैं | इसी तरीके से आधुनिक समाज के अंदर एक लड़की के कई दोस्त हो सकते हैं | अब वह कौन से दोस्त के साथ क्या करे क्या न करे उसकी मर्जी होती है | और कौन से दोस्त के ऊपर उसका दिल आ जाए यह कौन जाने ? अमेरिका जैसे देशों के अंदर तो भोग विलास इतना अधिक बढ़ चुका है कि वहाँ पर तो यह सब खुले आम चलता है |

महिलाओं की आत्मनिर्भरता : पहले पुरुष आत्मनिर्भर होते थे इसलिए वो किसी भी स्त्री के साथ आसानी से संबंध बना सकते थे और उनकी पत्नी मजबूरी मे कुछ नहीं कर पाती थी लेकिन अब महिलायें भी आत्मनिर्भर हो चुकी हैं | इस आत्मनिर्भरता ने उनको अनेक अधिकार प्रदान किए हैं | उनको इस बात का डर नहीं रहता है कि यदि वे चरित्रहीन

हो जाएंगी तो उनका क्या होगा ? अब उनके पास पैसा है और यदि पति अधिक परेशान करता है तो वे आसानी से अलग भी रह सकती हैं | इस बात का भी कई महिलाएं गलत फ़ायदा उठाती हैं | इसका अर्थ यह कदापि नहीं है कि महिलाओं को आत्मनिर्भर नहीं होना चाहिए | आर्थिक रूप से हर एक को आत्मनिर्भर होना चाहिए पर इसके अलावा मधुर संबंधों के लिए आपसी निर्भरता बहुत जरूरी है | अक्सर महिलायें आर्थिक निर्भरता के पश्चात अहंकार से ग्रसित हो जाती हैं और फिर वे पुरुषों से तुलना करने लगती हैं | और यह अहंकार ही मानवीय संबंधों का नाशक है |

कम सामाजिक पाबंदियाँ : जैसे जैसे हम आधुनिक होते जा रहे हैं समाज के अंदर महिलाओं पर होने वाली पाबंदियों पर कमी आई है | जिसका परिणाम यह हुआ है कि महिलाओं को खुलकर जीने का अवसर मिला है | आज संयुक्त परिवार बहुत ही कम रह गए हैं | अधिकतर पति पत्नी अकेले रहते हैं | ऐसे स्थिति मे पत्नी अकेले बाहर काम करने जाती है | और यदि पत्नी का नैतिक चरित्र अच्छा नहीं है तो वह आसानी से विवाहेतर संबंधों के अंदर फंस जाती है | जबकि प्राचीन काल में संयुक्त परिवार हुआ करते थे | जिसमे एक महिला घर से बाहर भी नही निकल सकती थी और यदि वे चरित्रहीन होती भी तो इतनी अधिक पाबंदियों में होने के बाद कुछ हो नहीं पाता था | हम कह सकते हैं कि स्त्री पर पहले की तुलना मे कम प्रतिबंध लगे हैं तो उसका गलत प्रयोग भी कुछ महिलायें करती हैं |

पुरुषों की भोगविलास की मानसिकता : आने वाले समय के अंदर जो सबसे बड़ा बदलाव हम देख रहे हैं तो महिला के चरित्रहीनता के होने के पीछे पुरुषों की मानसिकता इतनी अधिक दूषित हो चुकी है कि हर कोई महिला अकेले जाने मे असहज होती है | यदि एक महिला घर से थोड़ी दूर ही जाती है तो न जाने कितनी नजरें उसका पीछा करती रहती हैं | कई महिलायें चंचल होती हैं वे आसानी से इनके जाल मे फंस जाती हैं | पहले दोस्ती होती है उसके बाद प्यार होता है फिर संबंध बनते हैं | फिर धोखा होता है | फिर समाज में अपराध बढ़ते हैं |

एक स्त्री या पुरुष को चरित्रहीन होने से कैसे बचाएं ?

जब इंसान को कुछ अज्ञानता होती है तो वो फिर कुछ गलत कदम उठा लेता है | यदि कोई स्त्री एक बार ठीक से आप से जुड़ गई है तो उसके बाद वह आपसे मन से कभी भी अलग नहीं हो पाएगी भले ही आप उसे धोखा दे | यदि उसे एक बार यह लग गया कि आप उसके लिए सबसे बेस्ट हैं तो वह धोखा देने की सोच भी नहीं सकती है | हाँ अज्ञानता मे वह गलती कर सकती है | तो आपका फर्ज बनता है कि आप उसे कुछ अच्छा बताएं |

नैतिक शिक्षा को बढ़ाएं – अधिकतर वे महिलायें ही विवाहेतर संबंध रखती हैं जिनका नैतिक पतन हो चुका है | और आपको यह भी पता होना चाहिए कि नैतिक पतन का पैसे से कोई लेना देना नहीं है | यदि कोई अधिक पैसे वाली महिला है तो वह अच्छे चारित्रवाली होगी इस बात की कोई गारंटी नहीं है | नैतिक रूप से शिक्षा आप कई तरीके से दे सकते हैं | जैसे आप उनको सही और गलत का ज्ञान करवा सकते हैं | आप किताबों के माध्यम से और जीवन की वास्तविक घटनाओं के माध्यम से प्रेरित कर सकते हैं | हालांकि बुरे विचारों को निकाल कर अच्छे विचार भरना बहुत कठिन कार्य है लेकिन यदि महिला पहले से सात्विक विचारों वाली है तो उसके लिए यह सब बहुत आसान होता है |

धार्मिक शिक्षा बेहद जरूरी है | यदि आप चाहते हैं कि आपके घर की महिलायें व पुरुष हमेशा अच्छा व्यवहार करें और परिवार व समाज की मर्यादा के अंदर रहें तो उनको धर्म की शिक्षा देना बहुत जरूरी होता है | आज भी हमारे देश का बहुत बड़ा तबका इस बात पर विश्वास करता है कि पर पुरुष के साथ संबंध बनाने से भगवान दंड देते हैं | अर्थात अधिकतर महिलायें और पुरुष डर की वजह से नैतिक रूप से अच्छे बने रहते हैं | आज की शिक्षा पद्धति अधिक वासनात्मक हो चुकी है | वह वासनाओं की बात करती है | इंसान होने की बात तो भुलाई जा चुकी है | यही वजह है कि आपको चारों तरारफ वासनाओं का संसार नजर आता है |

उचित प्रतिबंध बेहद जरूरी होता है | पुरुष हो या महिला प्रतिबंध दोनों के लिए होते हैं | यदि आप एक महिला को अधिक छूट देते हैं तो उसका नुकसान होगा और यदि आप एक महिला हैं और अपने पति को

अधिक छूट देती हैं तो इसका नुकसान होगा | यदि घर की महिला कोई गलती करती है तो उसे डांटना बेहद ही जरूरी होता है | बहुत से माता-पिता अपनी बेटियों को और बेटों को आवारा की तरह छोड़ देते हैं और बाद मे जब वो गलत आदतें पकड़ लेते हैं तो अपनी किस्मत को कोसने लगते हैं | कहने का अर्थ है कि हर इंसान को छूट भी उतनी ही मिलनी चाहिए जितनी की जरूरत होती है | अधिक छूट बिना ब्रेक की गाड़ी है जो कभी भी दुर्घटनाग्रस्त हो सकती है |

एक दूसरे को समय दें : कई बार यह देखा गया है कि शादी के समय पत्नी पति के साथ बेहद ही खुश होती है लेकिन समय बीतने के बाद पति पत्नी पर ध्यान नहीं दे पाते हैं और इसकी वजह से अवैध संबंध विकसित हो जाते है | जिसका परिणाम यह होता है कि पति को ही अंत मे इसकी भारी कीमत चुकानी होती है | यदि आप चाहते हैं कि आपकी पत्नी किसी भी प्रकार से अवैध संबंध मे न पड़े तो उसको भी समय दीजिए आप उसे घुमाने ले जा सकते हैं और फिल्मे देखने जा सकते हैं | आमतौर पर होता यह है कि पति को तो पैसा कमाने की फुरसत नहीं होती है और पत्नी घर पर अकेली रहती है | घर पर वह बोर होती रहती है | ऐसी स्थिति के अंदर वह फ़ेसबुक और दूसरे सोशल मीडिया में व्यस्त रहती है और फिर अवैध संबंध बनाने की शुरुआत हो जाती है |

अपने यार और दोस्तों को बार बार घर लेकर न आयें | माना की सभी महिलायें और पुरुष एक जैसे नहीं होते हैं लेकिन आप यह पता नहीं लगा सकते हैं कि किस दोस्त के मन मे क्या चल रहा है ? इसके अलावा कुछ महिलायें भी इस प्रकार की होती हैं कि वे जल्दी ही प्रभावित हो जाती हैं | अब आपकी पत्नी किस स्वभाव की है यह तो आप ही जानते हैं | कई मामलों मे यह देखा गया है कि बार बार घर आने वाले दोस्त बाद मे आपकी गैर मौजूदगी मे आने लगते हैं और आपको पता ही नहीं चल पाता है कि उनका आपकी पत्नी के साथ कब घनिष्ट संबंध बन गया |

अपनी पत्नी या पति को संतुष्ट रखें : यदि आपकी पत्नी आपसे संतुष्ट है तो वह कभी भी किसी दूसरे पुरुष को देखेगी ही नहीं | उसके लिए यह सब पाप हो जाएगा | हालांकि महिलाओं की जरूरत सिर्फ मैथुन ही नहीं होती है | इसके अलावा भी बहुत सारी जरूरतें होती है | आपको

चाहिए कि आप उनकी जरूरतों को अच्छी तरह समझे और समझाएं | यही बात स्त्रियों पर भी लागू होती है | अपने पति की छोटी मोटी कमियों को दरकिनार करें | सामंजस्य बना कर चलें तो जीवन सुखमय होगा |

एक दूसरे के साथ हंसी मजाक करते रहें : पति पत्नी के बीच हंसी मजाक नही होता है तो सब कुछ बेकार लगता है और अधिकतर महिलाओं को मजाक पसंद होता है | हंसी मजाक करना सिर्फ आपके रिश्ते को ही मजबूत नहीं बनाएगा वरन यह आपको पुराने रिश्ते के अंदर भी नए रिश्ते जैसा आनंद प्रदान करेगा |

प्यार और धोखे मे फरक समझें : जब हम किसी से प्यार करते है तो उसकी सारी गलतियों को माफ कर देते हैं यही सबसे बड़ी समस्या है | अधिकतर लड़कियां यह भूल जाती है कि उनके साथ गलत व्यवहार नहीं होगा ? यदि कोई लड़का अपने घरवालों के साथ बुरा व्यवहार करता है तो कल वही लड़की के साथ भी ऐसा ही करेगा | प्यार सिर्फ उसी इंसान से करना चाहिए जो आपके सही और गलत को नजर अंदाज नहीं कर सकता है | अक्सर आपने देखा होगा कि कई लड़के लड़की की सुंदरता से नहीं वरन उसकी भावनाओं की कदर करते हैं | यही प्यार है वरना संबंध तो जानवर भी बनाते हैं |

वेदों के अनुसार पति-पत्नी में कौन से गुण होने चाहिए

विवाह वो पड़ाव है जिसके लिए हमने बहुत सारे सपने देखे होते हैं और बाद में हमारी पूरी जिंदगी का बदलाव भी यही पड़ाव साबित होता है | विवाह की सफलता और असफलता ही हमारे आने वाले जीवन की नींव होती है | हिन्दू धर्म में विवाह को बहुत महत्व दिया गया है, यही वजह है कि इस संबंध को तोड़ना, जिसे आम बोलचाल में तलाक कहा जाता है इतना आसान नहीं होता | विवाह को जीवन भर का साथ कहा गया है और इसी वजह से बड़े-बुजुर्ग भी यह कहते हैं कि हमेशा सोच-समझकर ही किसी रिश्ते को अपनाना चाहिए |

विवाह से पहले कुंडली मिलान तो जरूरी है ही लेकिन जिससे आप विवाह करने जा रहे हैं , उसके बारे में अच्छे से जानने के बाद ही विवाह करना चाहिए | बड़े-बुजुर्गों के अलावा हमारे शास्त्र भी कुछ ऐसा ही कहते हैं जिनका ध्यान अगर रखा जाए तो अपने लिए जीवनसाथी का चुनाव

करने में भूल नहीं होगी |

कहते हैं एक स्त्री ही घर को स्वर्ग बना सकती है और अगर चाहे तो नरक भी बना सकती है | आजकल भले ही महिलायें आत्म निर्भर हो रही हों लेकिन इसके बावजूद घर को संभालने जैसे गुण उनके सिवाय किसी और के अंदर नहीं हो सकते है | ऐसा ही कुछ पुरुषों के साथ भी है |

एक स्त्री में क्या गुण होना चाहिए ?

शास्त्रों के अनुसार एक स्त्री का शरीर इतना स्वस्थ होना चाहिए कि वह आगे चल कर अच्छी और स्वस्थ संतान पैदा कर सके | उसे व्यवहार कुशल होना चाहिए जिससे वह घर , बच्चों और बड़ों को अच्छे से संभाल सके | उसे मानसिक तौर पर मजबूत होना चाहिए जिससे घर में सकारात्मकता बनी रहे और बच्चों को एक अच्छा माहौल मिलता रहे | वह सबकी बात सुनती हो ताकि घर में होने वाली छोटी छोटी परेशानियों को भी कम करने में मदद मिलती रहे | स्त्री के अंदर आध्यात्मिकता और ईश्वर में विश्वास होना चाहिए जिससे वह आने वाले वक्त में अपने परिवार को मुश्किल हालातों से बाहर निकाल सकती हो | हर एक स्त्री के अंदर अपने परिवार और बच्चों के लिए प्यार होना चाहिए | क्योंकि विवाह भारतीय समाज में जीवन भर का साथ होता है | उसका समर्पण उसके परिवार और पति के लिए हमेशा के लिए होना चाहिए |

एक पुरुष में क्या गुण होना चाहिए ?

पुरुषों के भीतर सबसे पहला और बड़ा गुण होना चाहिए-अपनी पत्नी के प्रति उनका समर्पण | साथ ही उसे अपनी पत्नी की इज्जत करनी चाहिए | उसे अपनी पत्नी से कोई राज नहीं छुपाना चाहिए उसे धार्मिक आस्था होनी चाहिए | पति-पत्नी का पवित्र आचरण परिवार के लिए लाभदायक होता है | पुरुष के अंदर धैर्य,प्रेम और दूसरों का ख्याल रखने का गुण होना चाहिए क्योंकि उसे भी एक दिन पिता बनना होता है |जो जीवन को एक अनुशासित तरीके से जीता हो वही अपना विवाहित जीवन अच्छे से निभाता है | परिवार के लिए प्रेम और सम्मान अवश्य होना चाहिए | इसके अलावा वह अपने परिवार की रक्षा करने वाला भी होना चाहिए |

2

छलिया प्रेम

जुलाई का महीना था ,हल्की बूँदा-बाँदी हो रही थी | मैं अपनी सहेली रूपा के साथ बस स्टॉप पर बस का इंतजार कर रही थी | मेरा ध्यान उस सड़क पर था जहाँ से बस आने वाली थी तभी रूपा ने मुझे कोहनी से हल्का सा धक्का देते हुए मेरा ध्यान बँटाया और विपरीत दिशा की ओर इशारा करते हुए कहा ,

"उधर देख |"

मैं उधर देखने लगी | उधर से एक लड़का चला आ रहा था |वह एक लंबे कद का लड़का था , जिसका रंग गोरा, नाक कुछ तीखी , चेहरा लंबा, माथा चौड़ा , बाल माथे पर लटक रहे थे , आँखें कुछ छोटी और दिखने में लगता था कि वो भारत के नॉर्थ ईस्ट का रहने वाला है या गोरखा है | बारिश की हल्की बूंदें उसके चेहरे पर पड़ रही थी | वह भी हमारी तरह ही स्कूल ड्रेस में था | वह तेज तेज कदमों से हमारी ओर ही आ रहा था |मुझे समझते देर न लगी की यह भी हमारे स्कूल का ही विद्यार्थी है |

रूपा ने कहा ,

"देख न यार कितना हैंडसम है, फिल्मी एक्टर डैनी डॉनजेगप्पा की तरह दिखता है|"

"तुझे तो हर लड़का हैंडसम लगता है, प्रवीण से दिल भर गया होगा तेरा |"

"यार , मैं तो तेरे लिए कह रही थी कितनी अच्छी जोड़ी जमेगी तेरी उसके साथ |"

"अब चुप भी हो जा बेशर्म, तुझे हमेशा मजाक सूझता रहता है |"

रूपा मुंह दबाकर हंसने लगी | तब तक वो लड़का बस स्टॉप के सेड के नीचे आ चुका था | आते ही उसने बैग कंधे से उतारकर बेंच पर रख दिया ,उसकी सर्ट भीग कर उसके बदन से चिपक गई थी | उसकी छाती का उभार स्पष्ट दिख रहा था | उसकी छाती सुडौल थी, और कंधे मजबूत |मैंने उसे कनखियों से देखा | मेरे अंदर एक सनसनी सी दौड़ गई | उसे देखकर लगता था कि वह रेगुलर जिम जाता था | वह सेड के पीछे गया , अपनी सर्ट निचोड़ी और उसे झाड कर फिर पहन लिया | सेड के नीचे दुबारा आया और रूमाल निकाल कर चेहरे और बालों को पोंछा , कंघी की और फिर स्कूल बैग को कंधे पर लटका कर हमारे नजदीक खड़ा हो गया |

रूपा से रहा नहीं गया | उसने बोल ही दिया ,

"तुम्हें इस मौसम में छाता लेकर चलना चाहिए था "

"मैं जब घर से निकला तो मौसम साफ था, बारिश नहीं हो रही थी |"

" ओह ! | वैसे तुम कौन सी क्लास में पढ़ते हो ?

"इलेवंथ बी |"

"हम दोनों भी इलेवंथ बी में हैं मेरा नाम रूपा मिश्रा है और ये मेरी सहेली दीपा शेखावत है |

वह हम दोनों की ओर हाथ बढ़ाते हुए कहा,

" हाय ,मेरा नाम प्रेम बहादुर राणा है

उसने हम दोनों से हाथ मिलाया | उसका हाथ छूते ही मेरे शरीर में सिहरन सी दौड़ गई , मेरा चेहरा लाल हो गया | उसने कहा,

"ओह ! वी आर क्लास मेट | अब हम यहाँ रोज मिलते रहेंगे |"

ऐसा कहकर वह मुस्कुराने लगा | उसके दांत मोतियों की तरह चमक रहे थे | उसकी मुस्कुराहट देखकर हम दोनों भी मुस्कुराने लगीं

रूपा ने कहा,

"पर हमने पहले तो तुम्हें कभी देखा नहीं |"

" कल ही मेरा एडमीशन हुआ है | आज स्कूल का मेरा पहला दिन है |

तब तक बस आ चुकी थी | हम तीनों बस में चढ़ गए | हमारी सीट के पीछे की सीट खाली थी प्रेम वहाँ बैठ गया | बस चल पड़ी | मैंने नोटिस किया कि बस में बैठे सभी लड़के उसकी तरफ ही देख रहे थे | लड़कियां भी मूडकर पीछे देख रही थी | उसकी पर्सनाल्टी में कुछ ऐसा आकर्षण था कि वो सब का ध्यान अपनी ओर खींच रहा था | दूसरा कारण यह भी था कि वो आज पहली बार इस बस में आया था | सबको उसके बारे में जानने की उत्सुकता थी |

बस का सफर करीब आधे घंटे का था | मैं उसके बारे में ही सोच रही थी तभी बस स्कूल के कंपाउंड में आकर रुकी | बारिश बंद हो चुकी थी | सभी जल्दी जल्दी बस से उतर कर अपनी अपनी क्लास में चले गए |

रूपा और मैं तेज कदमों से चलते हुए क्लास में जाकर अपनी सीट में बैठ गए | क्लास टीचर अटेंडेंस ले रहीं थी | प्रेम हमारे पीछे था | उसने टीचर से अंदर आने की परमीशन मांगी ,

"मे आई कम इन मेडम |"

टीचर ने अपना सर घुमाया तो उसे कुछ पलों के लिए देखती रह गई | फिर उन्हे कुछ ख्याल आया , उन्होंने पूछा ,

"ह्वाइ आर यू सो लेट ?"

"मैडम, बस अभी पहुंची है |"

ओह ! तुम्हारा नाम क्या है ?

"प्रेम बहादुर राणा |"

मैडम ने रजिस्टर पर उसका नाम देखना शुरू किया पर उसका कहीं नाम नहीं था | उन्होंने पूछा ,

"तुम्हारा नाम रजिस्टर में नहीं है , क्या आज पहला दिन है ?

"जी मेम , ओके । मीट मी आफ्टर क्लास |"

हमारे बगल वाली रो में एक सीट खाली थी , वो वहाँ बैठ गया | इंग्लिश की क्लास थी | मैडम ग्रामर पढ़ा रही थी | उन्होंने जीरेंड (Gerund) के बारे में पूछा | कोई भी संतोषजनक उत्तर नहीं दे रहा था | मैडम ने प्रेम से पूछा ,

" प्रेम तुम बताओ , जीरेंड किसे कहते हैं ?

"मेडम, A Gerund is a noun made from a verb root plus ing. It can be used as subject and object borth . For example: Running is good for health. Second example : My passion is reading."

"वेरी नाइस , प्रेम | तुमने टेन्थ कहाँ से किया ?"

"मेम , सेंट्रल स्कूल आर के पुरम नई दिल्ली |"

उसके जवाब से हमारी टीचर ही नहीं बल्कि पूरी क्लास बहुत प्रभावित हो गई | कुछ तो था उसमें जो हम सबको आकर्षित कर रहा था |

ब्रेक के समय हम सब लड़कियों के बीच प्रेम ही चर्चा का मुद्दा था | एक लड़की ने पूछा,

" रूपा, वो लड़का तुम्हारे स्टॉप से ही बस में आता है न ?"

"हाँ , क्यों पूछ रही है ?"

"फिर तो वो तुम्हारी कॉलोनी में ही रहता होगा ?"

"हाँ , मेरे पड़ोस में ही रहता है, तू कहे तो उससे मिला दूँ |"

"रूपा , तू फेंकने में बड़ी तेज है , तू हमारा नंबर कहाँ पड़ने देगी ?"

"मेरी जान , तू कहे तो अभी बुलाती हूँ |"

तभी प्रेम प्रवीण के साथ आता हुआ दिखाई दिया | रूपा ने आवाज दी ,

"प्रवीण, जरा सुनो तो |"

प्रवीण रुक गया और प्रेम को भी साथ लेकर हमारी ओर आने लगा | मेरी धड़कने बढ़ रही थी | मेरी नजर प्रेम से मिली | उसकी आँखों मे एक अजीब सा आकर्षण था | वो इतनी गहराई से देखता था कि दूसरे को पता ही नहीं लगता था | मुझे देखते ही उसके चेहरे पर हल्की मुस्कान उभर आई | हम मे से हर एक लड़की यही सोच रहीं थी कि वो उसे देख कर मुस्कुराया है | रूपा यूं ही प्रवीण से बात करती रही फिर वो प्रेम से पूछी ,

"प्रेम तुम रहते कहाँ हो ?

"मैं कॉलोनी के आखरी मकान में रहता हूँ |"

"तुम्हारे घर के पीछे वाली गली में तो दीपा भी रहती है | क्या तुमने इसे देखा नहीं ?"

"हाँ, मैंने इसे कल ही खिड़की से देखा है, ये छत पर बार बार आना-जाना कर रही थी |"

मैं मुस्कुराने लगी और सभी हंस पड़े | तो रूपा ने कहा ,

"फिर तो तुम इसके पड़ोसी हो |"

क्लास का समय हो गया था | हम सभी क्लास में चले गए |

हमारा बस में रोज आना-जाना होता था | बस स्टॉप पर हैलो हाय होती थी | रूपा ही उससे ज्यादा बातें करती थी | मैं कोशिश करती थी कि वो कुछ बोले और मैं सुनूँ | मैं तो उसे दिल दे बैठी थी | पर मुझे समझ नहीं आता था कि कैसे शुरुआत करूँ | उसे देखते ही दिल धड़कने लगता था और जबान बंद हो जाती थी | एक दिन रूपा ने पूछ ही लिया,

"दीपा, मैं नोटिस कर रही हूँ कि जब भी तू प्रेम को देखती है तो तेरा चेहरा लाल हो जाता है और तू कुछ बोलती ही नहीं | कहीं तू उससे प्यार तो नहीं करने लगी ? अगर ऐसा है तो मुझे बता |मैं तेरे मिलने का इंतजाम कर दूँगी |"

मैं उसकी बातें सुनकर शरमाने लगी | वह समझ गई | मैंने कहा,

"तेरे दिमाग में हमेशा फितूर चलते रहता है , अगर मेरे घर वालों को पता चल गया तो मुझे घर से निकलने नहीं देंगे |"

"मेरी जान पता तो चलेगा ही | तूने सुना नहीं इश्क और मुश्क छुपाये नहीं छुपते |"

"क्या मतलब ?"

"देख, प्रेमी –प्रेमिका के हाव-भाव,चाल-ढाल,बात-व्यवहार को देख कर लोग समझ जाते हैं कि वो किसी न किसी के प्रेम मे हैं | वैसे ही जैसे हींग, चमेली का फूल, गुलाब का फूल, और इत्र की खुशबू छुपाये नहीं छुपती | चल इसी बहाने तुझे दो लाइन और सुना देती हूँ,

मेरे इश्क का फ़साना यही
छुपाया तो बहुत उनके इश्क को
सारी दुनिया की नजर से
पर पता चल ही गया सबको यूं ही

दिल की बेतरतीब धक-धक
और मेरे जज़्बातों की खुशबू से
चश्म-ए अश्कों की नमीं से
और सिसकती आह के असर से

"वाह ! क्या दिल फेंक नगमा सुनाया है | लगता है तेरे गालों को चूम लूँ |"

"इश्क में ऐसा ही होता है , मेरी जान |"

****

हमारे दिन यूं ही निकल रहे थे | बस एक दूसरे को देख कर मुस्कुरा देते, हैलो हाय कहते और कभी कुछ औपचारिकतावश कुछ पूछ लेते | पर कभी भी खुलकर बात करने का मौका नहीं मिलता था | एक दिन मैं जब बस स्टॉप में आई तो देखा वो अकेले ही खड़ा था | रूपा उस दिन नहीं आई थी | उसने ही पूछ लिया,

" आज रूपा नहीं आई क्या बात हो गई ?"

" पता नहीं क्यों नहीं आई | रूपा के बिना तुम्हारा दिल नहीं लगता क्या ?"

"नहीं , ऐसा नहीं है , मैं तो यूं ही पूछ लिया |"

हम दोनों के बीच कुछ देर चुप्पी छाई रही | फिर उसने पूछा ,

"दीपा , क्या तुम मुझसे नाराज हो ?"

"नहीं तो , यह तुमने कैसे सोच लिया?"

" मैं जब भी तुमसे बातें करने की कोशिश करता हूँ तो तुम चुप रहती हो और रूपा ही जवाब देती है , ऐसा क्यों ?

"ठीक तो है , तुम उससे प्यार करते हो तो वही जवाब देती है |"

" ऐसा तो नहीं है |"

"फिर कैसा है ?"

" सीरियसली बोलूँ ?"

"हाँ,बोलो |"

" दीपा , रियली आई लव यू टू मच |"

मैं उसकी बातें सुन कर शरमा गई | मैंने मुस्कुराते हुए कहा,

"मुझे तो यकीन नहीं हो रहा |"

"मैं तुम्हें कैसे यकीन दिलाऊँ ?"

मैंने मुस्कुराते हुए कहा ," तुम एक बार दीपा के सामने मुझसे कहो |"

"ठीक है तुम कहती हो तो उसके सामने भी कहूँगा |"

"लेकिन ऐसी शर्त क्यों रख रही हो ?"

"इसलिए कि हममे से हर लड़की यही कहती है कि तुम उससे प्यार करती हो |"

"औरों की छोडो, तुम अपनी बताओ |"

"मैं क्या बताऊँ ?"

"यही कि तुम मुझसे प्यार करती हो कि नहीं ?"

"क्या तुम्हें अब भी शक है ?"

वह मुस्कुराने लगा | तभी हमारी बस स्टॉप पर आ चुकी थी और हम बस में चढ़ गए | उसकी बातें सुनकर मेरा मन खुशी से उछल रहा था | मुझे लग रहा था जैसे मैं बस में नहीं बल्कि खुद पंख फैला कर खुले आसमान में उड़ रही थी | हमारी बस स्कूल के कैंपस में कब पहुँच गई मुझे पता ही नहीं चला | उसने खुद कहा ,

"दीपा , हम स्कूल आ गए हैं , अब उतर जाओ |"

मैं सचमुच खो गई थी उसके रंगीन ख्वाबों में |

उस दिन के बाद हम आपस में काफी घुल मिल गए थे | मैं तो पूरे भरोसे के साथ उससे बातें करती थी | पर क्लास के लड़के लड़कियों को आभास हो गया था कि वो मेरी तरफ पूरी तरह आकर्षित है| लड़कियां तो ईर्ष्या करने लगी थीं | हमारी क्लास टीचर बत्रा ने हमें कई बार बातें करते हुए देखा था | वह भी उसकी ओर आकर्षित थी | क्लास में उनकी नजर भी प्रेम की तरफ बार बार उठती थी | मैंने कई बार उन्हे प्रेम की तरफ ताड़ते हुए देखा था | उनकी नजर मुझ पर भी रहती थी | मैं ये देखती थी कि कौन प्रेम पर डोरे डाल रहा है | मुझे आशंका बनी रहती थी |

मुझे तो रूपा से भी खतरा था | हालांकि वो प्रवीण को प्यार करती थी पर मुझे उस पर जरा भी यकीन नहीं था | वो दिलफेंक लड़की थी | एक दिन रूपा ने कहा ,

"यार तूने बाजी मार ही ली |"

"क्या मतलब ?"

"तू इतनी भोली न बन , मैं जानती हूँ |"

"क्या जानती है ?"

"यही की प्रेम तुझे प्यार करता है |"

"मुझे यकीन नहीं है |"

"अच्छा ठीक है, आने दे उसे तेरा डाउट क्लीयर कर देती हूँ |"

"रूपा प्लीज, ऐसा कुछ मत करना , बड़ा इम्बरासिंग होगा |"

तभी प्रेम बस स्टॉप की तरफ आता हुआ दिखाई दिया | हम दोनों बस का इंतजार कर रही थीं | मेरी धड़कने बढ़ रही थी | मुझे पूरा यकीन था कि रूपा कुछ कहे बिना मानेगी नहीं | हैलो हाय होने के बाद रूपा सीधे मुद्दे पर आ गई | उसने प्रेम से पूछा ,

"प्रेम , एक बात बताओ ?"

"क्या ?"

"क्या ये सच है कि तुम दीपा को प्यार नहीं करते ?"

"नहीं , ये झूठ है |"

हम दोनों हंसने लगी | वो कुछ घबड़ा गया और बोला,

"नहीं ये सच है |"

क्या सच है ?

"यही कि मैं दीपा से प्यार करता हूँ |"

मैं शरमा गई , मैं पीछे मुंह घुमा कर हंसने लगी | तभी रूपा ने कहा ,

"सुन लिया न ? अब तो यकीन हो गया होगा | यार तुम दोनों बड़े छुपेरुस्तम निकले |"

हम तीनों हंसने लगे |

क्लास में टीचर बत्रा पढ़ा रही थी, इंग्लिश का पीरियड था | वो Adverb की परिभाषा पूछ रही थी पर मेरा ध्यान प्रेम की तरफ था और उन्होंने मुझे ऐसा करते हुए देख लिया | उन्होंने मुझे कहा,

" Deepaa, what is the definition of Adverb ?"

"मेम , Adverb is a word ...., मैं आगे बोल न सकी |"

"प्रेम , यू टेल |"

"An adverb is a word or an expression that modifies a verb, adjective, another adverb, determiner, clause, preposition, or sentence . Adverbs typically express manners, place, time, frequency, degreee, level of certainty, etc".

प्रेम एक सांस मे ही सब कह गया था | पूरी क्लास उसकी तरफ देख रही थी | पढ़ा तो मैंने भी था पर इस तरह परिभाषाएं याद नहीं थी | वह बहुत तेज दिमाग का लड़का था | टीचर ने मुझे कहा ,

"Deepaa, you sit down and be present in the class".

मुझे बड़ी शर्मिंदगी महसूस हो रही थी | मैंने प्रेम से पूछा,

" तुम्हें यह सब कैसे याद रहता है ?"

"ये कोई बड़ी बात नहीं है , सुबह उठ कर अच्छी तरह याद कर लो फिर आसानी से भूलोगी नहीं |"

मैंने रोमांटिक होते हुए कहा,"मुझे तो तुम्हारे अलावा अब कुछ याद ही नहीं रहता |"

"रियली ?"

" क्लास में मेरी इतनी इंसल्ट के बाद भी क्या तुम्हें यकीन नहीं हो रहा है ?

"पढ़ने में ध्यान दो वरना पीछे रह जाओगी |"

उस घटना के बाद मैं सोचने लगी | प्रेम ठीक ही कह रहा था | यदि पढ़ने में ध्यान नहीं दिया तो मैं पीछे रह जाऊँगी | मैं क्लास में पूरी तरह ध्यान लगा कर क्लास टीचर के लेक्चर सुनती थी | घर में भी सुबह उठकर पढ़ती थी | प्रेम से बातें तो सिर्फ बस स्टॉप में ही होती थी | मेरा क्लास में परफ़ोर्मेंस अच्छा होने लगा | अब क्लास टीचर बत्रा को मुझसे कोई शिकायत नहीं थी | हालांकि अब भी उनकी नजर प्रेम पर ज्यादा रहती थी |

इंटर्मीडिएट बोर्ड के एग्जाम हो गए थे | अब हम फ्री थे | प्रेम से मिलना नहीं हो पाता था | पर वो अपने कमरे की खिड़की से मुझे जरूर देखता था | मैं दिन में तीन चार बार छत पर उसे देखने के लिए जरूर जाती थी | कभी कपड़े सुखाने के बहाने, कभी अनाज सुखाने के बहाने ,

तो कभी चिड़ियों को दाना खिलाने के बहाने | एक बार तो वो अचानक एक महीने के लिए बिना बताए गायब हो गया | मैं रोज आती पर वो दिखाई न देता | मैं बहुत निराश हो गई | रूपा से भी पूछा,

"रूपा, एक महीना हो गया , प्रेम दिखाई नहीं दे रहा है | क्या तुझे कुछ बताया है ?

"वाह मेरी जान , प्यार तू करती है और बताएगा मुझसे |"

"क्या तेरे पास उसका फोन नंबर है ?"

"नहीं तो , पर ये बता क्या तूने फोन ले लिया |"

"हाँ, बहुत जिद की तब जाकर पापा ने लिया है | कहना पड़ा, इससे पढ़ने में बहुत मदद मिलती है | कहने लगे –'वो सब तो ठीक है पर अनावश्यक बातें करते मिल गई तो फोन वापस ले लूँगा' |"

मैं निराश होकर घर वापस आ गई | दिल नहीं माना, रोज की तरह छत पर गई तो देखा वो खिड़की के पास ही बैठा था | उसको देखते ही मेरी खुशी का ठिकाना न रहा | मैं खुशी के मारे रोने लगी |

मैंने उसे इशारे से पूछा वो कहाँ गया था | उसने एक कार्ड बोर्ड पर बड़े बड़े अक्षरों में लिखा **"5 AT BUS STOP"** । मैं समझ गई कि वो मुझे बस स्टॉप पर शाम 5 बजे मिलने को कह रहा है |

****

मैं शाम 5 बजे का बड़ी बेसब्री से इंतजार करने लगी | मेरे लिए एक एक पल का इंतजार भारी हो रहा था | किसी काम में मन ही नहीं लग रहा था | मां अस्पताल गई थी | जाते जाते कह गई थी - दूध गरम कर रख लेना | मैंने दूध ले लिया और उसे चूल्हे पर गरम करने को रख दिया और छत पर चली गई | प्रेम वहाँ दिखाई नहीं दिया तो इंतजार करने लगी पर वो नहीं आया | नीचे रसोई में गई तो देखा दूध उबल उबल कर बर्तन में ही सूख गया था | अब उसमें धुआँ उठने लगा था | भाग कर दुकान में गई , दूध लेकर आई और फिर गरम कर के रखा | वरना मां की डांट सुननी पड़ती | मां जब वापस आई तो देखा की दूध का जला बर्तन वाश बेसिन में पड़ा है , वह समझ गई कि दूध जल चुका है | उसने कहा,

"दीपा आजकल तेरा ध्यान घर के काम में नही रहता क्या बात है ?"

“ऐसा नहीं है मां , चिड़ियों को छत में दाना डालने गई थी वापस लौटी तो दूध जल चुका था |”

“बेटा ख्यालों में मत खोई रहा कर, दिल दिमाग से काम किया कर , वरना ऐसे ही दूध जलता रहेगा |”

मैं पाँच बजने से 10 मिनट पहले ही बस स्टॉप पर पहुँच गई | वो नहीं आया था | पाँच बजने ही वाले थे तभी वो गली के मोड पर दिखाई दिया | मेरी जान में जान आई | उसे आज करीब एक महीने के बाद देख रही थी | वो बड़ी मस्ती में चला आ रहा था | उसके बाल हवा में उड़ रहे थे, उसने ब्लू डेनिम का जींस पहन रखा था और चॉकलेट कलर की टी सर्ट | उसके गोरे बदन पर वो टी सर्ट खूब जम रही थी | उसे देख कर मैं जानबूझ कर दूसरी ओर मुंह करके खड़ी हो गई | मुझे रुलाई छूट रही थी | वो नजदीक आया और कहा,

“दीपा,कब तक मुंह फेरे खड़ी रहोगी ? अब जरा इधर भी देख लो |”

“क्या देख लूँ ? एक महीने से इंतजार कर रही हूँ , तुम तो बिना बताए ही चले गए |”

“सॉरी दीपा, अचानक जाना पड़ा | किससे कहता , मेरे पास तो तुम्हारा फोन नंबर भी नहीं था |”

“अब मैंने फोन ले लिया है , मेरा नंबर सेव कर लो और दुबारा बहाने नहीं बनाना |”

उसने नंबर सेव किया और मुस्कुराते हुए बोला,

“अगर तुम ये फोन पहले ले लेती तो तुम्हें इतना परेशान न होना पड़ता |”

“तुम क्या जानो लड़कियों की परेशानी , तुम्हारी तरह मुझे फोन रखने की आजादी नहीं है | पापा ने बड़ी मुश्किल से माना है |”

“ अच्छा ये बताओ –इन छुट्टियों में क्या कर रही थी ?

“ Adverb की परिभाषा याद कर रही थी” , मैंने तुनक कर कहा |

वो हंसने लगा ,और बोला ,

“चलो अच्छा रहा, तुमने कुछ याद तो किया |”

“हाँ, याद किया ,सिर्फ तुम्हें याद किया , तुम्हारा एक एक पल इंतजार करती रही और रोती रही यह सोच कर कि क्यों तुमसे दिल

लगाया | तुम्हें तो परवाह ही नहीं है मेरी |"

"सॉरी दीपा , मेरी वजह से तुम्हें दुख पहुंचा |"

वह मेरे नजदीक आया ज्यों ही मेरे सर पर हाथ रखा मैं भरभरा कर रो पड़ी | वह बोला,

"चुप हो जाओ ,कोई देखेगा तो बात का बतंगड़ हो जाएगा |"

मैंने आँसू पोंछे और उसे कॉल किया | उसने कॉल रिसीव किया और बोला,

"अपनी डी पी में ये रोती हुई लड़की का फ़ोटो क्यों लगा रखा है ?"

"क्योंकि मुझे उस वक्त रोना आ रहा था |"

"ठीक है , अब तो मुस्कुराओ और मुस्कुराती हुई फ़ोटो लगाओ |"

मैं मुस्कुरा पड़ी और उसने तुरंत ही मेरी फ़ोटो खींच ली और मुझे wahtsap पर भेज दिया | मैंने देखा मेरा चेहरा आंसुओं से भरा है पर मैं मुस्कुरा रही हूँ | वह बोला ,

"दीपा, क्या जबरदस्त क्लासिक फ़ोटो है ! तुम्हारा रोने और हंसने का कितना सुंदर मेल है इस फ़ोटो में | इतनी अच्छी फ़ोटो तो **विन्सेंट वैन गो** भी नहीं बना पाता |"

"अब ये तुम्हारा विन्सेंट वैन गो कौन है ?"

"अरे ये विश्व प्रसिद्ध नीदरलैंड का चित्रकार था जिसने तैल चित्र की ऐसी कलाकृतियाँ बनाई कि जिनकी कीमत अब करोड़ों में है | जब तक जिंदा रहा बेचारा भूखे रह कर चित्र बनाता रहा, मानसिक रोगी हो गया | अंत में 37 वर्ष की आयु में अपने आप को गोली मारकर आत्महत्या कर ली | उसे लगा कि अब कुछ बचा नही है करने को तो जीने से क्या फायदा |"

"तुम तो मानसिक रोगी नही हो न ?"

"कैसी बातें करती हो ?"

"ठीक ही तो कह रही हूँ , दो साल हो गए प्यार करते और अचानक बिना बताए गायब हो गए | यह भी नहीं सोचा कि मेरा क्या हाल होगा | दो लाइन लिख कर मेरी छत में फेंक देते , पढ़ लेती , इतना दुखी तो न होती | पर तुम हो निर्दयी.........

"तुम जो भी कहो सब मानता हूँ , बस मुझे माफ कर दो , अब तुमसे बिना बताए कहीं नहीं जाऊंगा |"

"ठीक है माफ किया, चलो कहीं घूम फिरकर आते हैं |"

"आमेर फोर्ट चलते हैं | रूपा और प्रवीण को भी साथ ले लेंगे |"

"हाँ, रूपा के बिना तो तुम्हारा दिल नहीं लगेगा |"

"तुम लड़कियों को शक की बहुत बड़ी बीमारी है"

" लड़कियां शक न करे तो लड़कों को छिछोरा बनते देर नहीं लगती |"

"मैं तुम्हारी बात मान गया, पर एक बार रूपा और प्रवीण से भी पूछ लेना, यदि चलेंगे तो कंपनी रहेगी |"

मैंने रूपा और प्रवीण से पूछा , वो दोनों भी चलने को तैयार हो गए |

****

दूसरे दिन सुबह रूपा, प्रवीण ,प्रेम और मैं आमेर फोर्ट देखने निकल पड़े | यह किला राजस्थान राज्य की पिंक सिटी जयपुर में अरावली पहाड़ी की चोटी पर स्थित है | यह किला अपनी वास्तुशिल्प कला और इतिहास की वजह से जाना जाता है | आमेर का किला भारत में इतना ज्यादा प्रसिद्ध है कि यहाँ पर हर रोज करीब पाँच हजार से भी अधिक लोग घूमने के लिए आते हैं | जयपुर से सिर्फ 11 किलोमीटर की दूरी पर स्थित यह आमेर का किला गुलाबी और पीले बलुआ पत्थरों से मिलकर बना हुआ है | यहाँ आने वाले पर्यटक रोजाना शाम को इस किले से अद्भुत नजारों को देख सकते हैं | आमेर का किला पर्यटकोंऔर फोटोग्राफर्स के लिए स्वर्ग के समान है |

किले के इतिहास के बारे में कहा जाता है कि आमेर पहले काछवाहों के शासन से पहले एक छोटा सा शहर था जिसको मीनास नाम की एक जनजाति द्वारा बनाया गया था | इस किले का नाम आमेर यानी भगवान शिव के एक नाम अंबिकेश्वर पर पड़ा है | हालांकि, स्थानीय लोगों का कहना है कि यह नाम देवी दुर्गा के नाम अम्बा से लिया गया है | पुराने समय में धुंदर के रूप में प्रसिद्ध इस शहर पर 11 वें शताब्दी के दौरान कछवाहों का शासन रहा | आमेर किले की स्थापना 967 ई में राजस्थान के चंद्र वंश साम्राज्य के राजा ऐलान सिंह द्वारा की गई

थी | 1592 ई में राजा मान सिंह ने किले का पुनर्निर्माण किया और अगले 150 वर्षों तक उनके उत्तराधिकारियों ने इस किले का विस्तार और नवीनीकरण का काम किया | पहले इस जगह पर कदीमी महल था जो भारत का सबसे पुराना महल है | इस महल में उनकी संरक्षक देवी 'शीतला माता' को समर्पित एक छोटा मंदिर भी है जिसको राजा मान सिंह द्वारा बनवाया गया था | कई पुरानी संरचनाओं के नष्ट होने और कई संरचनाओ के निर्माण के बाद भी आज यह किला कई बाधाओं का सामना करते हुए बड़ी शान से खड़ा है |

यह किला पारंपरिक हिन्दू और राजपूताना शैली में बना हुआ है,जिसको संगमरमर और लाल बलुआ पत्थरों से बनाया गया है | इस किले में प्राचीन शिकार शैलियों और महत्वपूर्ण राजपूत शासकों के चित्र देखने को मिलेंगे | राजपूतों के सभी महलों और किलों में आमेर का किला सबसे सुंदर और रोमांचक माना गया है |

यह किला चार भागों में विभाजित है जिसका प्रत्येक भाग अपने अलग प्रवेश द्वार और आँगन से सजा हुआ है | इस किले के मुख्य द्वार को 'सूरज पोल' या सूर्य द्वार कहा जाता है जो मुख्य प्रांगण की ओर जाता है | पूर्व की ओर स्थित इस प्रवेश द्वार का नाम सूर्य द्वार उगते सूर्य के संबंध में इसकी स्थिति की वजह से पड़ा है | इस किले में सीढ़ियों की मदद से महल परिसर में 'जलेब चौक' नामक एक प्रभावशाली प्रांगण की तरफ पहुँच जाते हैं | ये सीढ़ियाँ सीतला माता मंदिर की ओर जाती है | जलेब चौक का उपयोग सेना द्वारा अपने युद्ध की कला को फिर से प्रदर्शित करने के लिए किया गया था जहां महिलायें केवल खिड़कियों के माध्यम से इसे देख सकती थीं |

यह किला जयपुर का एक आभूषण है जो अपनी सुंदर वास्तुकला और समृद्ध इतिहास के लिए प्रसिद्ध है | लेकिन आज भी इस किले की कई घटनाओं और तथ्यों को स्पष्ट नही किया जा सका है जो रहस्य बनी हुई हैं | इस महल के बारे में कहा जाता है कि यहाँ राजा मान सिंह का एक खजाना छिपा हुआ है | लेकिन इस बात की प्रामाणिक पुष्टि नहीं की जा सकी है | स्थानीय लोगों के अनुसार इस बात का दावा किया जाता रहा है | आमेर किले और जयगढ़ किले के बीच लगभग दो किलोमीटर का

गुप्त मार्ग भी बना हुआ है |

इस किले के अंदर बहुत से भवन हैं | उनमें दीवान-ए –आम, सुख निवास, शीश महल देखने लायक हैं | जैसा कि नाम से ही पता चलता है यह **दीवान-ए-आम** – आम लोगों का एक हाल है यह तीनों तरफ से खुला हुआ है | व्यापक मोजेक ग्लासवर्क से सजा हुआ यह हाल हाथियों के साथ दो स्तंभों के सहारे खड़ा हुआ है |

दीवान-ए-आम के सामने **सुख निवास** स्थित है जिसके दरवाजों को चंदन और हाथी दाँत से सजाया गया है| बताया जाता है कि यह इस जगह का इस्तेमाल राजा अपनी रानियों के साथ समय बिताने के लिए करते थे | जिसकी वजह से इस जगह को सुख निवास कहा जाता है | सुख निवास की खासियत ये है कि यहाँ हमेशा आप खुद को प्रकृति से जुड़ा हुआ महसूस कर सकते हैं | सुख निवास में हमेशा ताजी और खुली हवा आपको महसूस होती रहेगी |

शीश महल आमेर किले का एक सबसे प्रमुख आकर्षण है जो दर्पणों से मिलकर बना हुआ है | इस हाल का निर्माण इस तरह से किया गया है कि प्रकाश की कुछ किरणों से ही पूरा हाल उजाले से भर जाता है | बताया जाता है कि इस हाल को प्रकाशित करने के लिए सिर्फ़ एक मोमबत्ती की रोशनी ही काफी है | इस महल में एक सुंदर फूल भी बना हुआ है, ये आकर्षक फूल मार्बल का बना है जिसे कहा जाता है कि सात अद्भुत आकारों में बनाया गया है | जिसे देखने वाले देखते ही रह जाते हैं | इस महल को बनाने में लगभग 40 खंबों का उपयोग किया गया है

आमेर किले के अंदर ही एक बहुत सुंदर सा डोली महल भी बना हुआ है, जिसके आकार की बात करें तो ये दिखने में डोली के जैसे प्रतीत होता है | इस सुंदर किले में बहुत सी फिल्मों की सूटिंग भी की गई है जैसे कि -जोधा अकबर, शुद्ध देसी रोमांस, भूल भुलैया इत्यादि |

गर्मियों का मौसम था | शाम के सात बज रहे थे | हम यहाँ के लाइट एण्ड साउंड सो को देखने के लिए उत्सुक थे | हमने 50 मिनट के इस सो को देखा जो राजस्थान के समृद्ध इतिहास ,परंपरा और संस्कृति को पुनर्जीवित करने के उद्देश्य से रोजाना आयोजित किया जाता है |

जयपुर भारत के सबसे खास पर्यटक स्थलों में से एक है | यह एक ऐसा शहर है जहां एक से बढ़कर एक व्यंजन का स्वाद ले सकते हैं | यहाँ पर कई ऐसे स्वादिष्ट स्थानीय भोजन उपलब्ध हैं जिसका स्वाद चखकर पर्यटक मोहित हो जाते हैं | महाराजाओं और महारानियों द्वारा प्रभावित एक पारंपरिक राजस्थानी थाली में एक से बढ़कर एक चीजों का स्वाद चखा जा सकता है | यहाँ के दाल बाटी चूरमा, इमरती और घेवर जैसी मिठाइयां और प्रसिद्ध चाट को खाए बिना जयपुर घूमने का स्वाद अधूरा है | यहाँ की मिठाईयां बहुत लोकप्रिय हैं जिसमें घेवर,इमरती, हलवा, चोइरमा , गजक, और भी बहुत कुछ शामिल है |

वापस लौटते समय हम चारों ने **बड़ी चौपड़ में हवा महल देखा** | हवा महल भारत के हायपुर शहर में स्थित एक महल है | इसका नाम हवा महल इसलिए रखा गया क्योंकि महल में महिलाओं के लिए ऊंची दीवारें बनी हुई है ताकि वे आसानी से महल के बाहर हो रहे उत्सवों का अवलोकन कर सकें और उन्हे देख सकें | यह महल लाल और गुलाबी बलुआ पत्थरों से बना हुआ है | यह महल सिटी पैलेस के किनारे पर ही बना हुआ है | इसका निर्माण 1799 में महाराजा सवाई प्रताप सिंह ने करवाया था | भगवान कृषण के मुकुट के रूप में ही लाल चंद उस्ताद ने इसे डिजाइन किया था | इस पाँच मंजिला ईमारत के बाहर समान आकार के शहद के छत्ते भी लगे हुए हैं और महल में 953 छोटी खिड़कियां भी है जिन्हे झरोखा कहा जाता है और इन खरोखों को बारीक कलाकृतियों से सजाया भी गया है |उस समय महिलायें चेहरे पर जाली ढककर ही बाहर निकला करती थी और दैनिक जीवन का अवलोकन करती थी | उस समय महिलाओं को चेहरे पर पर्दा ढकना अनिवार्य था | कहा जाता है की इन जालियों की मदद से उनके चेहरे को ठंडी हवा भी लगती थी और तपती धूप में भी उनका चेहरा ठंडा रहता था |

इस महल की रोचक बातें हैं – जैसे यह बिना किसी आधार के बना यह महल विश्व का सबसे ऊंचा महल है | हवा महल के सामने की तरफ कोई प्रवेश द्वार नहीं है | यदि आपको अंदर जाना है तो पिछले भाग से जाना होगा | हवा महल में कुल पाँच मंजिले है और आज भी यह महल सफलता से अपनी जगह पर 87 डिग्री के एंगल में खड़ा है | इसे पैलेस

ऑफ विंड्स के नाम से भी जाना जाता है |इस महल की ऊपरी मंजिल में जाने के लिए केवल ढालू रास्ता है, वहाँ ऊपर जाने के लिए कोई सीढ़ी नहीं बनी है | गुलाबी और लाल पत्थरों से बना यह महल देखने में बहुत ही शानदार है | महल केआसपास **बड़ी चौपड़** का शानदार कपड़ा मार्केट है जहाँ से राजस्थान की शैली में बने हुए शानदार, आकर्षक और रंगबिरंगे कपड़े खरीदे जा सकते हैं |

जोहरी बाजार में हमने चाट का स्वाद लिया और घर आ गए | आज प्रेम और दोस्तों के साथ आमेर का किला घूमने में मजा आ गया |

****

हमारे बोर्ड एग्जाम के रिजल्ट आ चुके थे | मैंने 95 % नंबर पाए थे जबकि प्रेम के 90 % थे | रूपा और प्रवीण के नंबर भी मुझसे कम थे | सभी को सरप्राइज हो रहा था कि मैंने इतने मार्क्स कैसे लाए | सभी मुझे बधाई दे रहे थे | मैं रूपा और प्रवीण को लेकर जोहरी बाजार गई और वहाँ हमने रेस्टोरेंट में लंच किया | पारंपरिक राजस्थानी खाना खाने का मजा आ गया |

हम चारों ने गवर्नमेंट कॉलेज जयपुर में एडमीशन ले लिया |आज कॉलेज का पहला दिन था | स्कूल से निकले हुए छात्र यहाँ आजादी महसूस कर रहे थे | स्कूल के वातावरण में तो स्कूल यूनीफ़ार्म में आना , रोज प्रेयर में शामिल होना और सभी पीरियड अटेंड करना अनिवार्य था | पर गवर्नमेंट कॉलेज जयपुर के नजारे ही कुछ और थे | आज सभी रंग-बिरंगे परिधानों में थे | कंधे पर स्कूल बैग की जगह हाथों में एक नोट बुक थी |

क्लास टीचर को देखते ही सभी छात्र –छात्राएं क्लास के अंदर तेजी से चले गए | क्लास टीचर ने अटेंडेंस लेना शुरू किया | क्लास में करीब 50 विद्यार्थी थे उनमे से करीब 20 लड़कियां और 30 लड़के थे | मेरे और प्रेम के संबंधों के बारे में जानने वाले सिर्फ रूपा और प्रवीण ही थे जिन्होंने इस कॉलेज में एडमीशन लिया था | बाकी दोस्त दूसरे कॉलेज में चले गए थे |मैंने दोनों को कहा था कि वे हमारे प्रेम संबंधों के बारे में किसी से न कहें | वे दोनों मान गए थे |

हमारे ग्रुप में जो लड़कियां थी उनमे प्रेम पहले दिन से ही चर्चा का विषय था | एक लड़की ने पूछा,

" क्या तुम लोग इस हैंडसम लड़के के बारे में जानती हो ?"

सब ने अनभिज्ञता प्रकट की | तभी रूपा ने कहा ,

"क्यों इतना परेशान हो रही है , जा अपना परिचय दे दे फिर वो सब कुछ बता देगा |"

प्रेम और प्रवीण हमारे सामने से ही गुजर रहे थे ,तभी रूपा ने आवाज दी,

"प्रवीण , जरा सुनो |"

प्रवीण रुक गया और उसके साथ प्रेम भी | प्रवीण ने पूछा,

"क्या बात है ?"

"अरे यार , कॉलेज का पहला दिन है ,ये शिला चाहती है कि तुम दोनों का इन्ट्रो हो जाए |"

"ओह ! ऑफ कोर्स | हैलो शिला मैं प्रवीण , ये मेरा दोस्त प्रेम |"

प्रेम ने सबसे हाथ मिलाया और जब मेरी बारी आई तो उसने कहा,

" तुमसे मिलकर बहुत खुशी हुई |"

मैं अपनी हंसी रोक नहीं पा रही थी और शिला मुझे देख रही थी | जब प्रेम और प्रवीण चले गए तो उसने मुझसे पूछा,

"क्या तू उन दोनों को जानती है ?"

" प्रेम मेरी कॉलोनी में ही रहता है |"

"फिर तो तेरे लिए चांस ही चांस हैं |"

"तू ही चांस ले ले, मुझे अपनी पढ़ाई करनी है |"

"मैं तो पढ़ाई भी करूंगी और चांस भी लूँगी, ये जिंदगी मिलेगी न दुबारा |" हम सभी हंसने लगी

****

कॉलेज में एडमीशन होने के बाद हमें आजादी मिल गई थी | अब बस्ता टांग कर रोज बस में नहीं जाना पड़ता था | मेरे पापा ने मेरे लिए एक स्कूटी खरीदी थी | प्रेम और मैं कॉलेज के ब्रेक के समय जयपुर के खास जगहों पर घूमने का मौका निकाल ही लेते थे |

राम निवास बाग हमारी फेवरेट जगह थी | बचपन में तो मैं कई बार अपने परिवार के साथ यहाँ आई थी पर पहली बार मुझे प्रेम के साथ आने का मौका मिला |

यह एक ऐसा शाही उद्यान है जिसका निर्माण साल 1868 में जयपुर के महाराजा सवाई राम सिंह ने करवाया था | यह सुंदर गार्डन जयपुर शहर के बीचो बीच स्थित है जिसको भारत का एक बहुत ही ऐतिहासिक स्थल माना जाता है | यह पार्क 30 एकड़ से अधिक भूमि पर फैला हुआ है और अल्बर्ट हॉल संग्रहालय या केन्द्रीय संग्रहालय का स्थान है | इस पर्यटन स्थल की सैर करने और ब्रिटिश काल के दौरान की रॉयल जीवन शैली को देखने के लिए दुनिया भर से पर्यटक भारी संख्या में यहाँ आते हैं |

यहाँ थियेटर , बर्ड पार्क, चिड़ियाघर और आर्ट गैलरी भी है | यह गार्डन अपनी खूबसूरती की वजह से एक लोकप्रिय पिकनिक स्पॉट के रूप में भी जाना-जाता है |

यहाँ जुलोजिकाल गार्डन भी है | यह एक ऐसी जगह है जहां पर कई तरह के वनस्पतियों और जीवों को देख सकते है जिसमें कई लुप्तप्राय प्रजातियाँ भी शामिल हैं | पक्षियों को आकर्षित करने वाले पार्क को पक्षी पार्क के रूप में भी जाना जाता है जहां पक्षी प्रेमी कई तरह के पक्षियों को एक साथ देख सकते हैं | यहाँ विश्व प्रसिद्ध मगरमच्छ प्रजनन केंद्र भी है | यहाँ आने वाले पर्यटक और खासकर बच्चे इवनींग हॉर्स राइड्स का मजा लेते हैं |

यहाँ रवींद्र रंग मंच थियेटर एक ऐसी जगह है जहाँ पर कोई भी शास्त्रीय संगीत प्रदर्शन , नृत्य प्रदर्शन और थियेटर समूहों में भाग ले सकते हैं जो ज्यादातर भारतीय पौराणिक कथाओं पर आधारित होते हैं |

हमारे कॉलेज के दिन बहुत अच्छे निकल रहे थे | हमारे कॉलेज का अंतिम वर्ष था | दीपावली की छुट्टियाँ थी | हमने जयगढ़ किला देखने का प्लान बनाया और रूपा, प्रवीण और प्रेम के साथ मैं जयगढ़ का किला देखने निकल पड़ी |

जयगढ़ किला राजस्थान की राजधानी जयपुर के गुलाबी शहर में 'चील का टीला' पहाड़ियों के ऊपर स्थित एक भव्य संरचना है | इस

खूबसूरत इमारत को सवाई जय सिंह द्वितीय द्वारा 1726 में आमेर किले की सुरक्षा के लिए बनवाया गया था | यह किला चट्टान के शीर्ष पर बंधा हुआ हरे भरे विशाल जंगल से घिरी एक महलनुमा संरचना है | इस शानदार किले से आमेर किले तक एक भूमिगत मार्ग जाता है और इसे 'विजय का किला' भी कहते हैं | इस किले की सबसे बड़ी खास बात यह है कि इस किले में दुनिया की सबसे बड़ी तोप है और यह जयपुर शहर का एक आकर्षक दृश्य भी प्रस्तुत करता है | जयगढ़ किला विद्याधर नामक एक प्रतिभाशाली वास्तुकार द्वारा निर्मित और डिजाइन किया गया जिसकी वजह से यह किला यहाँ आने वाले पर्यटकों को अपनी तरफ बेहद आकर्षित करता है |

यह किला बलुआ पत्थर की मोटी दीवारों द्वारा संरक्षित है जिसमें ललित मंदिर, लक्ष्मी विलास मंदिर जैसे कुछ खास वास्तुशिल्प हैं | इसके अलावा 10 वीं शताब्दी में बने राम हरिहर और 12 वीं शताब्दी में बने काल भैरव मंदिर भी इसके आकर्षण को बढ़ाते है | यहाँ एक संग्रहालय के साथ एक उद्यान भी स्थित है |यहाँ के केन्द्रीय वाच टावर से पूरे आसपास के परिदृश्य को देखा जा सकता है | यहाँ के राम मंदिर में प्रवेश अवनी दरवाजा के माध्यम से होता है जो एक बहुत ही शानदार ट्रिपल महराबदार प्रवेश द्वार है | राम मंदिर के पास में स्थित सागर झील का आकर्षक दृश्य हर किसी को मोहित कर देता है |

हमने पूरा दिन किले को देखने , घूमने, और फोटोग्राफी में बिताया | ये हमारे यादगार पल थे |

****

बी ए फाइनल के परीक्षा परिणाम आ चुके थे | अब कॉलेज के मस्ती भरे दिन जा चुके थे | हममे से ज्यादातर लोग जॉब करना चाहते थे | एक सिम्पल बी ए की डिग्री के आधार पर जॉब मिलना आसान नहीं था | मैंने तो कॉलेज की पढ़ाई के दौरान ही कंपूटर ऑपरेटिंग ट्रेनिंग ले चुकी थी |

कॉलेज का रिजल्ट आते ही मेरे घर वाले मेरी शादी के लिए लड़का तलाशने लगे | उन्हे पता लग चुका था कि मैं प्रेम से प्यार करती हूँ | मेरे पिता अन्तर्जातीय विवाह के सख्त खिलाफ थे | वो चाहते थे कि मेरी शादी जल्द से जल्द कर दी जाए ताकि वो बदनामी से बच सकें | मैंने

कहा,

" मैं अभी शादी नही करना चाहती |"

"फिर क्या करोगी ?"

"पापा, मैं और पढ़ना चाहती हूँ |"

"तो ठीक है शादी के बाद भी पढ़ती रहना, हम रुकावट नहीं डालेंगे|"

मैंने ये बात प्रेम को बताई | प्रेम का जॉब एक उदयपुर के होटल में लग चुका था | मैंने प्रेम से कहा ,

"प्रेम, हमारी शादी की बात मेरे घर वालों से करो वरना मेरी शादी कहीं और हो जाएगी |"

"ठीक है, मैं अपने पापा को तुम्हारे घर शादी की बात करने के लिए भेजूँगा |"

प्रेम के पापा शाम को ही मेरे घर आए | मेरे पापा से मिले और कहा,

"भाई साहब , मेरा नाम दिल बहादुर राणा है| मैं जयपुर की एक कंपनी में सुरक्षा अधिकारी हूँ | मेरा बेटा प्रेम उदयपुर के एक होटल में

सुरक्षा अधिकारी है | आपकी बेटी दीपा और प्रेम साथ ही पढ़ते थे | प्रेम दीपा से शादी करना चाहता है | मैं प्रेम का रिश्ता लेकर आया हूँ | यदि आपका आशीर्वाद हो तो दोनों की शादी हो सकती है |"

"देखिए भाई साहब, हम राजपूत लोग हैं |और हमारी बिरादरी में दीगर जाति में शादी करना मतलब समाज से बाहर होना है | हमें यहीं समाज में रहना है और यहीं जीना है | हमें ये रिश्ता मंजूर नहीं है | आप अपने बेटे को समझाइए कि अपने समाज में लड़की देख कर शादी कर ले और दीपा का पीछा करना छोड़ दे |"

पापा की बातें सुनकर मुझे बहुत दुख लगा | मैंने अपनी मां को भी समझाने की कोशिश की पर वो भी मेरी बातों से सहमत नहीं थी | मुझे लगा प्रेम से शादी करने का सपना पूरा नहीं होगा | मैंने अपने आप को कमरे में बंद कर लिया और सोचती रही कि इसका क्या उपाय है |

इसी बीच एक दिन लड़के वाले मुझे देखने आ गए | मेरा होने वाला पति उदयपुर के होटल में असिसटेंट मैनेजर था | एक ऊंचा-पूरा नौजवान मेरी ही उम्र का था | रंग गोरा, माथा चौड़ा ,आँखें बड़ी , देखने में स्मार्ट था |चेहरे पर स्वाभाविक मुस्कुराहट झलकती थी , मानो हमेशा खुश रहता

हो | उसने मुझे देखते ही पसंद कर लिया | मुझे भी उससे अकेले में बातें करने का मौका दिया गया | मैंने उसे साफ कहा,

"मैं एक लड़के से प्यार करती हूँ और उससे शादी करना चाहती हूँ पर मेरे घर वाले सहमत नहीं है |"

"मैं आपके लिए क्या कर सकता हूँ ?"

"आप शादी से इनकार कर दीजिए |"

वो एक शरीफ लड़का था | आसानी से मान गया | उसने कहा ,

"मैं इनकार करने में कुछ समय लूँगा | यदि मैंने तुरंत ना कर दिया तो आपके माता-पिता आपसे नाराज हो जाएंगे | जब इनकार करना हो तो मुझे बता देना मैं तब तक शादी की बात टालता रहूँगा |तब तक आप अपनी शादी के लिए कुछ उपाय सोच लें |"

मैं उसकी बात सुनकर दंग रह गई | मैंने उसके चरण छू लिए | उसने कहा,

" हाँ , मैं एक बात और कहना चाहता हूँ |"

" आप बहुत साफ दिल की लड़की हैं , मैं आपसे शादी के लिए इंतजार करूंगा |"

उसने मेरा फोन नंबर लिया | मैंने भी उसका फोन नंबर लिया और वो चला गया | मैं सोचती रह गई कि इस दुनिया में ऐसे भी इंसान हैं जो एक पल में ही जीवन का इतना बड़ा फैसला लेने में हिचकते नहीं | इसने न जाने मुझमे क्या देखा कि पहली नजर में ही मुझे अपना जीवन साथी बनाने के लिए तैयार हो गया | मेरा दिल उसके लिए सम्मान से भर गया | उसका नाम शिवेन्द्र था |

उसके जाने के बाद मां ने पूछा,

"बेटा, क्या तुझे शिवेंद्र पसंद है ?"

"हाँ मां , मुझे पसंद है |"

मैं कोई हंगामा नहीं करना चाहती थी | मैंने सारी बातें प्रेम को बताई | उसे जब भी कहती तो कहता कुछ दिन इंतजार करो, छुट्टी मिलते ही आ जाऊंगा और घर से दूर जाकर कहीं शादी कर लेंगे | मेरी बेचैनी बढ़ती जा रही थी | तभी उसका एक दिन फोन आया ,

"दीपा , तुम तैयार रहना , आज रात 12.45 बजे हम राजस्थान संपर्क क्रांति से दिल्ली चलेंगे | "

"ठीक है |"

मैंने अपने कुछ कपड़े, गहने और जमा रुपये एक बैग में रख लिए | हमारे घर में सभी रात 10 बजे तक सो जाते थे | मैं अलग कमरे में सोती थी | मैं दिन में ही दरवाजों को खोलने की आवाज चेक कर चुकी थी ताकि रात में बाहर जाते समय कोई आहात न हो | मैं रात के 12 बजने का बेसब्री से इंतजार कर रही थी | घर छोड़ने के पहले मैंने पिताजी को पत्र लिखा ,

प्रिय पापा,

मेरे लाख मना करने के बावजूद भी आप ने मेरी इच्छा के विरुद्ध शादी तय कर दी | आप जानते हैं मैं प्रेम से शादी करना चाहती हूँ | अतः मैं प्रेम से शादी करने जा रही हूँ | प्लीज आप परेशान न हों | हो सके तो मुझे माफ कर दें |

आपकी बेटी

रात के 12 बजने वाले थे , मैंने आहिस्ता से दरवाजा खोला | पिताजी की खाँसने की आवाज आ रही थी, गली में कुत्ते भोंक रहे थे | मेरी धड़कन बढ़ रही थी | मेरे पैर कांप रहे थे , फिर भी मैंने हिम्मत की और12 बजने के कुछ मिनट पहले ही मैं चुपचाप दरवाजा खोलकर घर से निकल गई|

घर के पीछे गई तो प्रेम बाइक लेकर खड़ा था | ज्यों ही मैं पहुंची उसने तुरंत ही बाइक जयपुर स्टेशन की तरफ दौड़ा दी | बाइक पार्किंग में खड़ी कर हम तेजी से प्लेटफार्म की ओर बढ़े और आखरी छोर में चले गए | ट्रेन खड़ी थी , हम चुपचाप एक जनरल बोगी में बैठ गए | रात के ठीक 12.45 हो रहे थे तभी ट्रेन स्टेशन से छूट गई | मैंने आसपास नजर दौड़ाई , कोई जान-पहचान का आदमी या औरत दिखाई नहीं दे रही थी ,तब मेरी सांस में सांस आई | मैंने प्रेम से पूछा,

"वो बाइक किसकी थी ?"

"वो मेरी बाइक थी |"

"अब उसे स्टेशन से घर कौन ले जाएगा ?"

"मेरे पापा |"

"क्या उनको ये सब पता है ?"

"ये उनका ही आइडिया है |"

"हे भगवान !"

हम सुबह दिल्ली पहुँच गए | वहाँ पहुंचकर प्रेम ने कहा,

"दीपा ,हम काठमांडू जा रहे हैं |"

"प्रेम, हम दिल्ली के किसी भी आर्य समाज मंदिर में जा कर शादी कर सकते हैं , काठमांडू जाने की क्या जरूरत है ?"

"काठमांडू में मेरा घर है , वहाँ मेरे दादा -दादी और परिवार के लोग रहते हैं |"

हम इंदिरा गांधी अंतर्राष्ट्रीय हवाई अड्डे पहुँच गए वहाँ से एयर इंडिया की फ्लाइट पकड़कर 2 घंटे में काठमांडू पहुँच गए |

****

प्रेम मुझे काठमांडू के एक पुराने मोहल्ले में ले गया | वो गोरखों की बहुत घनी बस्ती थी | एक लकड़ी के मकान में उसके दादा-दादी और चाचा का परिवार रहता था | प्रेम ने मेरी मुलाकात सबसे कराई | वो बहुत ही सरल स्वभाव के लोग थे | मैंने प्रेम से पूछा ,

"प्रेम , हम शादी कब कर रहे हैं ?"

"हमें एक सप्ताह रुकना पड़ेगा | मेरे माता-पिता के आने के बाद ही शादी का कार्यक्रम होगा |"

दूसरे दिन हम दोनों पशुपतिनाथ के मंदिर में दर्शन करने गए और मैंने पशुपति नाथ मंदिर के रहस्यों के बारे में जानने की कोशिश की |

नेपाल अध्यात्म की भूमि है और एक समय में यह जगह पूरी तरह से जिंदगी के आध्यात्मिक पहलुओं से जुड़ी हुई थी | दुर्भाग्य से इस देश को राजनैतिक और आर्थिक स्तर पर बेहद उठा-पटक और पतन का दौर देखना पड़ा | इसी वजह से वे अपने यहाँ हुए इस उम्दा काम को जो कई सौ सालों मे हुआ था उसे सही तरह से सहेज कर नहीं रख पाए |

पशुपतिनाथ मंदिर नेपाल का प्रमुख मंदिर है | 'पशुपति का अर्थ है – पशु मतलब 'जीवन' और 'पति' मतलब स्वामी या मालिक,यानी 'जीवन का मालिक' या 'जीवन का देवता'| पशुपतिनाथ दरअसल चार चेहरों वाल लिंग है | पूर्व दिशा की ओर वाले मुख को तत्पुरुष और पश्चिम की

और वाले मुख को सद्ज्योत कहते हैं | उत्तर दिशा की ओर देख रहा मुख वामदेव है, तो दक्षिण दिशा वाले मुख को अघोरा कहते हैं |

ये चारों चेहरे तंत्र-विद्या के चार बुनियादी सिद्धांत हैं | कुछ लोग ये भी मानते हैं कि चारों वेदों के बुनियादी सिद्धांत भी यहीं से निकले हैं | माना जाता है कि यह लिंग, वेद लिखे जाने से पहले ही स्थापित हो गया था और इससे कई पौराणिक कहानियाँ भी जुड़ी हुई हैं | इनमे से एक कहानी इस तरह है –कुरुक्षेत्र की लड़ाई के बाद अपने ही बंधुओं की हत्या करने की वजह से पांडव बेहद दुखी थे | उन्होंने अपने भाइयों और सगे संबंधियों को मारा था | इसे गोत्र वध कहते हैं | उनको अपनी करनी का पछतावा था और वे खुद को अपराधी महसूस कर रहे थे | खुद को इस दोष से मुक्त कराने के लिए वे शिव की खोज में निकल पड़े |

लेकिन शिव नहीं चाहते थे कि जो जघन्य कांड उन्होंने किया है, उससे उनको इतनी आसानी से मुक्ति दे दी जाए | इसलिए पांडवों को अपने पास देखकर उन्होंने एक बैल का रूप धारण कर लिया और वहाँ से भागने की कोशिश करने लगे | लेकिन पांडवों को उनके भेद का पता चल गया और वे उनका पीछा करके उनको पकड़ने की कोशिश में लग गए | इस भागा दौड़ी के दौरान शिव जमीन में लुप्त हो गए और जब वह पुन: अवतरित हुए , तो उनके शरीर के टुकड़े अलग-अलग जगहों पर बिखर गए | नेपाल के पशुपतिनाथ में उनका मस्तक गिरा था और तभी इस मंदिर को तमाम मंदिरों में सबसे खास माना जाता है | केदारनाथ में बैल का कूबड़ गिरा था | बैल के आगे की दो टाँगे तुंगनाथ में गिरीं | यह जगह केदार नाथ के रास्ते में पड़ती है | बैल की नाभि वाला हिस्सा हिमालय के भारतीय इलाके में गिरा | इस जगह को मध्य-महेश्वर कहा जाता है | यह एक बहुत ही शक्तिशाली मणिपूरक लिंग है | बैल के सींग जहां गिरे, उस जगह को कल्पनाथ कहते हैं | इस तरह उनके शरीर के अलग-अलग टुकड़े अलग-अलग जगहों पर मिले |

दूसरे दिन हम काठमांडू से 16 किलोमीटर की दूरी पर स्थित एक पौराणिक शहर भक्तपुर गए || यहाँ के अवशेषों से हमे जानने को मिला कि कभी पूर्वी संस्कृति कैसी थी | भक्तपुर एक ऐसा शहर है , जिसे इस तरह तैयार किया गया था कि यहाँ आने वाले को हर कदम पर ईश्वरीय

शक्ति का आभास हो | भक्तपुर का मतलब भी यही है | तभी तो यहाँ हर पड़ाव वास्तव में एक मंदिर है | यहाँ पानी पीने की जगह मंदिर है, साफ सफाई की जगह भी एक मंदिर है और यहाँ तक कि बात करने की जगह भी एक मंदिर ही है | यानी जब हम भक्तपुर में जाते है, तब हम वक्त के 1100 साल पुराने दौर में होते हैं | और सोचिए, तब वक्त कैसा रहा होगा – जब महिलायें सिर्फ लाल रंग के वस्त्रों में होती थीं और पुरुष सफेद रंग पहना करते थे | लोग ईंटों की जिन इमारतों में रहते थे, वो आज भी खड़ी हैं | यहाँ कई लोग आज भी उन्ही घरों में रहते हैं , जहां 1100 साल पहले उनके पूर्वज रहते थे | हालांकि भक्तपुर अब कई तरीकों से नष्ट होने की कगार पर है, लेकिन आज भी यहाँ आने पर आपको एहसास होगा कि हजारों साल पहले के लोगों में कैसा जबरदस्त सौन्दर्य-बोध था |

नेपाल के बारे में बहुत ही रोचक तथ्य जानने को मिले | हिमालय की तराई में बसा देश नेपाल दक्षिण एशिया का सबसे प्राचीन राष्ट्र और सबसे बड़ा हिन्दू धर्मावलम्बी राष्ट्र है | यह एक ऐसा देश है, जो कभी पराधीन नहीं रहा | यह देश अपनी सभ्यता और संस्कृति के साथ ही ऊंचे पर्वत शिखर, प्राकृतिक सौन्दर्य, पशु-पक्षियों , पर्यटन स्थलों के लिए भी प्रसिद्‍ध है |

नेपाल शब्द के बारे में माना जाता है कि यह दो शब्दों 'ने' और पा' से मिलकर बना है | एक समय में नेपाल की राजधानी काठमांडू 'ने' ऋषी की तपोभूमि थी | इस वजह से इस भूखंड का नाम 'नेपाल' पड़ गया | हालांकि इसके कोई ठोस प्रमाण मौजूद नहीं हैं | तिब्बती लोग नेपाल को 'नेपा' कहते हैं | तिब्बती भाषा में 'ने' का अर्थ 'मध्य' और 'पा' का अर्थ है 'देश'| नेपाल वर्तमान में भी भौगोलिक रूप से जीवित है | ऐसा इसलिए है क्योंकि नेपाल के नीचे स्थित Indo Australian Plate अभी भी गतिमान है | यह आने वाले 1 करोड़ वर्षों में 1500 किलोमीटर खिसक जाएगी | नेपाल में हिंदुओं का अनुपात दुनिया के अन्य देशों की तुलना में कहीं अधिक है | 81% जनसंख्या हिन्दू होने के कारण ये दुनिया का एकमात्र और अंतिम हिन्दू राष्ट्र माना जाता है | वैसे नेपाल एक धर्मनिरपेक्ष राष्ट्र घोषित किया गया है | नेपाली भाषा में हिन्दी की तरह ही देवनागरी लिपि का प्रयोग किया जाता है | नेपाल विश्व के सबसे

गरीब देशों में से एक है | यहाँ की आधी से अधिक जनसंख्या 1 डॉलर प्रति व्यक्ति की आय पर जीवन-यापन करती है | नेपाल का समय विश्व के मानक समय से 45 मिनट पीछे है | यहाँ का समय टाइम जोन के हिसाब से नहीं , बल्कि माउंट एवरेस्ट के हिसाब से चलता है | नेपाल का राष्ट्रीय ध्वज दुनिया में एकमात्र ध्वज है, जो आयताकार या वर्गाकार नहीं है | इसके ध्वज में दो तिकोने हैं | ऊपरी तिकोने में चाँद और निचले तिकोने में सूरज चित्रित है | ये तिकोने न केवल हिमालय बल्कि नेपाल के दो प्रमुख धर्मों (हिन्दू और बौद्ध) का प्रतिनिधित्व करते हैं | नेपाल के नक्शे को 90 डिग्री पर घुमाने से यह पुर्तगाल के नक्शे जैसा दिखता है | नेपाली कैलेंडर विक्रम संवत पर आधारित है |यहाँ प्रति वर्ष 13 अप्रैल को नववर्ष मनाया जाता है | यहाँ कभी भी जातीय या धार्मिक संघर्ष और दंगे नहीं हुए | यहाँ 80 से अधिक विभिन्न जातियाँ रहती हैं, जहां 123 भाषाएं बोली जाती हैं | लेकिन धर्म के नाम पर यहाँ कभी कोई हिंसा नहीं हुई |

नेपाल के लोग अपने दोनों हाथ जोड़कर एक-दूसरे का अभिवादन करते हैं |इसके साथ वे अपना सिर झुकाकर नमस्ते कहते हैं ठीक वैसा ही जैसा पड़ोसी देश भारत में किया जाता है |नमस्ते का शाब्दिक अर्थ है, 'मैं आप में उपस्थित ईश्वर को प्रणाम करताहूँ '| नेपाल का राष्ट्रीय पशु गाय है | यह पवित्र माना जाता है और इसकी हत्या अवैध है |

नेपाल में 90% अरेंज मरीज होती है | शादी के पहले दूल्हा और दूलहन को एक–दूसरे को देखने और मिलने की इजाजत नही होती | वैसे धीरे-धीरे अब यहाँ भी लव मैरिज का प्रचलन प्रारंभ हो गया है | नेपाल में साप्ताहिक अवकाश भारत की तरह रविवार नहीं, बल्कि शनिवार होता है | नेपाल का राष्ट्रीय व्यंजन दाल-भात और तरकारी है |नेपाली परिवार रोजाना इसका सेवन करते हैं | नेपाल का लोकप्रिय पकवान 'मोमो' है | यह बेहद जल्दी तैयार हो जाने वाला पकवान है | नेपाली लोग मुख्य रूप से दो बार भोजन करते हैं | दुनिया में जीवित देवी की पूजा करने वाला नेपाल एकमात्र देश है | इन देवियों को कुमारी कहा जाता है और देवी तलेजोओ का अवतार माना जाता है | वे देवियाँ बौद्धों और हिंदुओं द्वारा समान रूप से पूजी जाती हैं | त्योहार के दौरान इनकी रथ-यात्रा

निकलती है |

नेपाल में पक्षियों की 870 से भी अधिक प्रजातियाँ पाई जाती हैं | ये उत्तरी अमेरिका और यूरोप में पाई जाने वाली कुल पक्षियों की प्रजातियों से कहीं अधिक हैं | सम्पूर्ण विश्व में पाई जाने वाली पक्षियों की प्रजाति का 8% नेपाल में है | नेपाल में 650 से ज्यादा तितलियों की प्रजातियाँ पाई जाती हैं | नेपाल में 26 संरक्षित स्तनपायी प्रजातियाँ पाई जाती हैं | हिम तेंदुआ, लाल पांडा, एक सींग वाला गैंडा और बंगाल टाइगर लुप्तप्राय जानवरों मे से है| दुनिया का सबसे खूबसूरत हिम तेंदुआ नेपाल में हैं | याक आमतौर पर हिमालय में देखे जा सकते हैं जिनका माल परिवहन में उपयोग किया जाता है | नेपाल में फूल पौधों की 5980 प्रजातियाँ हैं | विश्व में मौजूद कुल आर्किड का 2% नेपाल में पाया जाता है | मारिजुआना के पौधे घास की तरह नेपाल के बागानों में ,सड़क के किनारे, खाईयों मे, पर्वतों पर, हर जगह देखे जा सकते हैं |

प्रमुख नदियां गंगा, ब्रह्मपुत्रा, यांगची, सिंधु का उद्‌गम स्थल हिमालय है, जो नेपाल में स्थित है |दुनिया की सबसे ऊंची झील तिलीचो नेपाल में है | नेपाल के काली गण्डकी नदी हिमालय पर्वत से भी प्राचीन है | यह पूर्वी और पश्चिमी हिमालय को विभाजित करती है | नेपाल की सबसे लंबी नदी कर्णाली नदी है | इसकी लंबाई 1080 किलोमीटर है | दुनिया के 8000 मीटर से ऊंची 14 चोटियों में से 8 नेपाल के हिमालय क्षेत्र में पड़ती है | दुनिया की सबसे ऊंची पर्वत चोटी माउंट एवरेस्ट नेपाल में स्थित है |

माता सीता की जन्म स्थली मिथिला नेपाल में है | इस स्थान पर सीता माता का विशाल मंदिर निर्मित है | भगवान गौतम बुद्‌ध की जन्म स्थली लुम्बिनी भी नेपाल की तराई में स्थित है | नेपाल की राजधानी काठमांडू का पुराना नाम कान्तिपुर है , जिसका अर्थ है 'City of Glory' भूवैज्ञानिकों के अनुसार प्राचीन समय में काठमांडू घाटी वास्तव में तैरते हुए कमलों से भरी एक बड़ी झील थी | काठमांडू आज दुनिया के जीवित सांस्कृतिक संग्रहालय के रूप में जाना जाता है | यहाँ स्थित 130 महत्वपूर्ण तीर्थ और स्मारक स्थलों के कारण इसे 1979 में यूनेस्को को विश्व धरोहर स्थल (UNESCO World Heritage Site) का दर्जा दिया

गया | नेपाल की आधी से अधिक आबादी काठमांडू में निवास करती हैं |

एक सप्ताह बाद प्रेम के माता-पिता भी काठमांडू आ गए | और वहाँ एक मंदिर के प्रांगड़ में सादे समारोह के साथ हिन्दू रीति से हमारा विवाह सम्पन्न हो गया | हमने पशुपति नाथ मंदिर में जा कर आशीर्वाद लिया ,तत्पश्चात भोज का आयोजन किया गया | हनीमून हमने काठमांडू में ही मनाया |

****

प्रेम के माता-पिता जयपुर से काठमांडू आने के पहले अपना मकान किसी दूसरी कॉलोनी में शिफ्ट कर चुके थे | अब हमे वापस जयपुर जाना था |प्रेम के माता-पिता , प्रेम और मैं काठमांडू से बस यात्रा करके 10 घंटे में दिल्ली पहुँच गए | और दिल्ली के सराय रोहिला स्टेशन से ट्रेन यात्रा करके 6 घंटे में जयपुर पहुँच गए |

यात्रा की थकान से शरीर टूट रहा था | हमने दो दिन रेस्ट किया | फिर सोचा अब सब को बता देना चाहिए | मैंने अपने मंगेतर शिवेंद्र को पहली बार फोन लगाया और कहा ,

"हैलो शिवेंद्र मैंने प्रेम से शादी कर ली है |"

"बधाई हो दीपा आप दोनों को |"

"धन्यवाद |"

"दीपा, तुम्हारे पतिदेव करते क्या हैं ?"

"रिजेंटा सेंट्रल होटल उदयपुर में सिक्योरिटी ऑफिसर हैं |"

"अरे वाह ! उनका नाम क्या है ?

"प्रेम बहादुर राणा |"

"ओ के दीपा , कभी घूमने आओ तो मिलो मैं भी उदयपुर में हूँ |"

"जरूर मिलूँगी , बाय , सी यू |"

****

मैंने रूपा, प्रवीण और शिला को जयपुर वापस आने की सूचना दी साथ ही उन्हे पार्टी में आमंत्रित किया |

रूपा प्रवीण के साथ आई,आते ही गले लग गई और कहा ,

"यार तूने तो कमाल कर दिया, इतना डेयर मुझमें नहीं है | बधाई हो तुम दोनों को |"

हम बातचीत कर ही रहे थे कि शीला भी आ गई | वह भी गले लग गई और कहा,

"दीपा तू बड़ी छुपी रुस्तम है, तूने प्रेम को चुरा लिया और हमे हवा भी नहीं हुई |"

"अब तू चुरा लेना |"

"चल ठीक है मौका आने दे |"

हम सभी हंसने लगे |

मैंने रूपा से कहा ,

"रूपा , अब तो तू भी नौकरी करने लगी है , शादी कर ले प्रवीण से |"

"यार तू तो जानती है , अभी तक प्रवीण को नौकरी नहीं मिली है | जब इसे नौकरी मिल जाएगी तभी अपने घर वालों से शादी की बात करूंगी |"

"क्या घर वाले तैयार नहीं होंगे ? अरे पढ़ा लिखा लड़का है , नौकरी नहीं है तो क्या हुआ ?उसकी नौकरी लग जाएगी , फिलहाल तू तो नौकरी कर रही है |"

"यार बेशक प्रवीण पढ़ा लिखा है पर शिक्षित बेरोजगार से कौन करेगा शादी ? मैं तो अभी कर लूँ शादी पर मेरे घर वाले कतई तैयार नहीं होंगे |"

"क्या वजह हो सकती है ?"

"सभी मां बाप चाहते हैं कि उनकी बेटी को स्थायित्व चाहिए जहाँ नियमित आय हो | तुम तो देख रही हो – मंहगाई बढ़ी, खर्चे बढ़े, दिखावा बढ़ा, जरूरतें बढ़ी और इतनी बढ़ी कि अगर तुम सादगी से ,कम खर्चे मे जीना भी चाहो तो जरूरतें पूरी नहीं होती | एक अकेला इंसान इतनी जरूरतों का बोझ कैसे उठाए | मतलब अगर मर्द कमाने वाला है तो उसे पढ़ी लिखी बहू चाहिए जो घर के साथ बाहर भी संभाले | अगर औरत कमाने वाली है तो उसे कमाने वाला पति जरूर चाहिए क्योंकि नौकरीपेशा होना तो लड़कों की बहुत जरूरी क्वालिफ़िकेशन है | वैसे भी भारत जैसे देश के पुरुष प्रधान समाज में गृहस्थी चलाने के लिए सभी खर्चों की जिम्मेदारी पुरुष की होती है | "

"क्या सिर्फ यही कारण है ?"

"और भी वजह है | पुरुष प्रधान समाज में एक साँचा ढ़ला हुआ है, जहाँ हमेशा पुरुष स्त्री से ज्यादा ऊंचे ओहदे पर होना चाहिए | अगर इसे उलट लिया जाए तो वैवाहिक जीवन में समस्या आ जाती है | ज्यादातर पुरुष इस बात को पचा नहीं पाते की उनकी पत्नी उनसे ज्यादा काबिल है या ऊंचे ओहदे पर है | ये माइंड सेट है | स्वयं स्त्री को भी यही सिखाया जाता है कि पति का करियर पहले है, उसका बाद में |"

प्रेम ने कहा ,

"तुम अपने पिता को समझाओ कि प्रवीण अच्छा लड़का है और शादी कर लो | वरना इसका क्या भरोसा , नौकरी लगने के बाद तुमसे शादी करे या न करे |"

रूपा ने कहा,

"देखो प्रेम , ये तो मैं जानती हूँ कि प्रेम अच्छा लड़का है , पर मेरे पिता कैसे विश्वास करेंगे ? इसके अंदर झांक तो नहीं सकते | वो भी समाज के द्वारा तय किए गए मानकों का ही सहारा लेंगे | अगर हमारा समाज स्त्री प्रधान होता तो ये समस्या न आती | हमारे देश के ही उत्तर-पूर्व राज्य अरुणाचल प्रदेश में कुछ जनजातियाँ हैं जहाँ पुरुष घर का काम काज संभालते हैं , बच्चों की देखभाल करते हैं और औरतें बाहर का काम करती हैं |"

"तो यार प्रवीण भी ऐसा कर लेगा , पर तुम पहले शादी तो करो, बच्चे पैदा करो फिर नौकरी भी लग जाएगी |"

हा ....हा.......हा.......सभी हंसने लगे | रूपा ने कहा ,

"देखो यार, विवाह हमेशा दो बराबर लोगों में हो तो बेहतर है | बराबरी ना हो तो भी हो सकता है, लेकिन उतना ओपन माइंडेड हर कोई नहीं होता | वर–वधू ढूंढते समय भी यही विचार होता है कि रिश्तेदार बराबर के तो होने ही चाहिए | हालांकि अपवाद हर जगह हैं | प्रेम विवाह में तो सब कुछ हो सकता है जैसा की तुम लोगों ने किया है | पर मैं तो ऐसा नहीं कर सकती | मुझमें इतनी हिम्मत नहीं है | सबसे जरूरी है भरोसा | अगर लड़की को आप पर, आपकी काबिलियत पर, आपके हूनर पर भरोसा होगा तो वो अवश्य विवाह करना चाहेगी "|

प्रवीण ने पूछा,

"रूपा, इसका मतलब है तुम्हें मुझ पर भरोसा नहीं है ?"

"मेरी जान तुम तो मेरी धड़कन हो पर मैं अपने पिता को कैसे समझाऊँ ? उनके मानक मुझसे अलग हैं | मेरे पिता को मेरे नानाजी के किसी रिश्तेदार ने पसंद किया था और मेरे माता-पिता का रिश्ता पक्का हो गया था | मेरे नाना जी की बस यही इच्छा थी कि लड़का –

1. अच्छे खानदान से हो....खानदान में दूर दूर तक कोई कमी न हो |
2. कोई किसी प्रकार की लत ना हो |
3. शरीफ हो |
4. गलत तरीके से जीविकोपार्जन ना करता हो | उसके घर में गलत तरीके से कमाया धन ना आता हो | मेरे पिता इन सभी मानकों को पूरा करते थे और आज भी करते हैं और वैसा ही दामाद चाहते हैं |

प्रवीण ने कहा,

"यार रूपा , दुनिया बहुत तेजी से बदल रही है ....ये तो एक अंतहीन दौड़ है जो कभी खत्म नहीं होगी | अब लोग भी सीधे सरल नहीं रहे | हम वो पीढ़ी है जिस पर चकाचौंध, उपभोक्तावाद और दिखावे का अब बहुत दबाव है | अगर तुम इसका हिस्सा नहीं हो तो तुम पिछड़े हुए हो |"

"देखो प्रवीण, जिंदगी में सबसे बड़ा पाठ मैंने सीखा है – आत्मनिर्भरता | मानसिक ,शारीरिक, बौद्धिक, आर्थिक सभी तरह से इंसान को आत्मनिर्भर होना चाहिए | अगर एक भी पक्ष कमजोर पड़े तो ......भैया समझो गड़बड़ है | ये दुनिया तभी तुम्हारे मूल्य को समझेगी, जब तुम खुद को मूल्यवान बनाओगे | बुरे वक्त में, जब तुम कुछ नहीं होते, तब तो रिश्तेदार भी हाथ छोड़ देते हैं| फिर एक अनजान आदमी पर कैसे भरोसा कर लें | हर कोई अपने जीवन में अच्छा वक्त ही चाहता है | इसलिए शादी जैसे फैसले सोच समझ कर ही लेता है | लेकिन ये फैसले सफल ही हो, ऐसा जरूरी नहीं है | लड़का हो या लड़की , मैं सभी को यही कहूँगी कि सबसे पहले आत्मनिर्भर बनो | जब आप को लगे कि आप खुद में सक्षम हैं , तभी शादी करो | अब इसके बाद भी, ये गारंटी नहीं है कि आपका जीवन अच्छा ही होगा | अगर आपके जीवन में संघर्ष और धक्के

खाना ही लिखा है तो ये नियति है | हम बस कोशिश कर सकते हैं | बाकी सब ईश्वर के हाथ में है, कि हमें किस अवस्था में रखता है |"

मैंने पूछा ,

"यार रूपा, तू इतना कब से सोचने लगी ?"

"मेरी जान जब से तूने घर से भाग कर प्रेम से शादी की है | मैंने समाचार पत्र का एक लेख पढ़ा था | उसमें लिखा था – 'अपने प्रेमी के साथ घर से भागी लड़की अपने साथ ले जाती है अपने पड़ोस की सब लड़कियों की आजादी और उनके पढ़ने लिखने के सपनों को |"

"इसका मतलब है कि मैंने घर से भागकर प्रेम से शादी की है वो सही नहीं है ?"

"दीपा , ये तो वक्त बताएगा क्या सही है और क्या गलत | पर मेरा कहने का मतलब ये कतई नहीं है कि तूने गलत किया है | मैं तो एक आम आदमी की सोच को बता रही हूँ | मैंने तो पहले ही कहा है अपवाद हर जगह होते हैं | मैं तो तेरी बचपन की दोस्त हूँ | तेरी खुशी ,मेरी खुशी है | मैं तो परमात्मा से हमेशा प्रार्थना करूंगी कि तुम दोनों हमेशा खुश रहो और ऐसी पार्टियां देते रहो |"

हा.... हा......हा... हँसते हँसते सभी के पेट में बल पड़ गए | पार्टी में मजा आ गया | यह एक यादगार पार्टी थी |

****

प्रेम को आए हुए 10 दिन हो गए थे | उसकी छुट्टी खतम होने वाली थी | छुट्टी के तीन दिन बचे थे |हमने सोचा कि क्यों न इन तीन दिनों में उदयपुर की सैर कर ली जाए | हम दूसरे दिन उदयपुर पहुँच गए | और सैर के लिए निकल पड़े |

उदयपुर शहर को 'झीलों के शहर' के रूप में जाना जाता है | यह शहर अपने महलों और किलों के साथ –साथ झीलों के साथ यात्रियों का एक आदर्श पर्यटन स्थल है | इस शहर में 10 से अधिक झीलें है जो सभी एक दूसरे से जुड़ी हुई हैं | पिछोला झील इस शहर की प्रमुख झील है | इस झील के निकट बागोर हवेली स्थित है, जो अपने कांच के वर्क से पर्यटकों को लुभाती है |

हम सबसे पहले **पिछोला झील** देखने गए | पिछोला झील एक मानव निर्मित झील है जिसका निर्माण एक आदिवासी पिच्छू बंजारा ने करवाया था | महाराणा उदय सिंह पिछोला झील की सुंदरता से मुग्ध थे इसलिए उन्होंने इस झील के किनारे उदयपुर शहर का निर्माण करवाया था | पिछोला झील उदयपुर की सबसे बड़ी और पुरानी झीलों में से एक है | यह झील यहाँ आने वाले यात्रियों को अपनी सुंदरता और वातावरण से आकर्षित करती है | बड़ी पहाड़ियों , इमारतों और स्नान घाटों से घिरा यह स्थान शांतिप्रिय लोगों के लिए स्वर्ग के समान है |यहाँ हमने बोटिंग का आनंद लिया | शाम के समय यह जगह सुनहरे रंग में डूबी हुई दिखाई देती है | यहाँ का खूबसूरात दृश्य पर्यटकों को एक अलग ही दुनिया में ले जाता है | यह परिवार और दोस्तों के साथ घूमने के लिए अच्छी जगह है |

पिछोला झील के किनारे एक **सिटी पैलेस** बना है | यह एक शाही संरचना है जो उदयपुर शहर के प्रसिद्ध पर्यटन शहरों मे से एक है | सिटी पैलेस का निर्माण 1559 में महाराणा उदय सिंह ने करवाया था | इस महल में महाराजा रहते थे और उनके उत्तराधिकारियों ने इस महल को और भी शानदार बना दिया और इसमें कई संरचानाएं जोड़ी | इस पैलेस में अब कमरे, आँगन , मंडप, गलियारे और छत्र शामिल हैं | इस जगह पर एक संग्रहालय भी स्थित है जो राजपूत कला और संस्कृति को प्रदर्शित करता है |

सिटी पैलेस परिसर में ही **जगदीश मंदिर** बना हुआ है | यह बहुत ही आकर्षक मंदिर है जो भगवान विष्णु के समर्पण में बनवाया गया है | इस मंदिर को लक्ष्मी नारायण मंदिर के नाम से भी जानते हैं | इस मंदिर में सुंदर नक्काशी की गई है | यहाँ की आकर्षक मूर्तियाँ और यहाँ का शांति भरा माहौल पर्यटकों और तीर्थ यात्रियों को बहुत पसंद आता है | जो भी इंसान एक बार इस मंदिर में आता है वो इसकी सुंदरता,वास्तुकला और भव्यता को देखकर इसकी तरफ आकर्षित हुए बिना नहीं रह सकता |

बागोर की हवेली पिछोला झील के पास स्थित है | इस हवेली का निर्माण 18 वीं शताब्दी में मेवाड़ के शाही दरबार में मुख्यमंत्री अमीर चंद बड़वा द्वारा किया गया था | इसके बाद यह हवेली वर्ष 1878 में

बागोर के महाराणा शक्ति सिंह का निवास स्थान बन गई जिसकी वजह से इसका नाम बागोर की हवेली पड़ा | इस हवेली को संग्रहालय में परिवर्तित कर दिया गया है जो मेवाड़ की संस्कृति को प्रस्तुत करता है, यहा के एंटिक संग्रह में राजपूतों द्वारा इस्तेमाल किए जाने वाले कई सामान जैसे कि आभूषण बक्से, हाथ के पंखे, तांबे के बर्तन शामिल हैं | इस विशाल संरचना में 100 से अधिक कमरे हैं और यह अपनी वास्तुकला की अनूठी शैली के साथ शानदार दृश्य प्रस्तुत करता है |

दूसरे दिन हम **फतेह सागर झील** की सैर करने गए | फतेह सागर झील उदयपुर शहर के उत्तर-पश्चिम में स्थित एक बहुत ही आकर्षक झील है जो उदयपुर में सबसे ज्यादा घूमी जाने वाली जगहों में से एक है | यह झील उदयपुर की सबसे बड़ी मानव निर्मित झील है, जो अपनी सुंदरता से पर्यटकों को मोहित करती है | इस झील के आसपास का शांत वातावरण एक अद्भुत शांति का एहसास करवाता है | फतेह सागर झील एक वर्ग किलोमीटर में फैली हुई है और तीन अलग अलग द्वीपों में विभाजित है| इसका सबसे बड़ा द्वीप नेहरू पार्क कहलाता है जिस पर एक रेस्टोरेंट और बच्चों के लिए एक छोटा चिड़ियाघर भी बना हुआ है , जो एक पिकनिक स्पॉट के रूप में भी काफी प्रसिद्ध है | इस झील के दूसरे द्वीप में एक सार्वजनिक पार्क है जिसमें वाटर-जेट फब्बारे लगे हुए हैं | फतेह सागर झील शहर की खास झीलों में से एक होने की वजह से यहाँ पर्यटकों की काफी भीड़ रहती है | इस जगह पर लोग बोटिंग का आनंद लेते हैं | हमने भी बोटिंग का आनंद लिया |

फतेह सागर झील के नजदीक ही पहाड़ी की चोटी पर **मोती मगरी** स्थित है जिसका निर्माण महाराणा प्रताप और उनके प्रिय घोड़े चेतक की स्मृति में बनवाया गया है | चोटी की ऊंचाई से आस पास का दृश्य बहुत सुंदर दिखाई देता है | महाराणा प्रताप से जुड़ी घटनाओं की आश्चर्यजनक विरासत को जानना चाहते हैं तो मोती मगरी की यात्रा जरूर करनी चाहिए |

यहाँ एक बहुत ही सुंदर बगीचा है –**सहेलियों की बारी** | इसका निर्माण संग्राम सिंह द्वारा रानी और उन की सहेलियों को उपहार के रूप में करवाया गया था | राजा ने स्वयं इस बगीचे को डिजाइन किया और

इसे एक आरामदायक जगह बनाने का प्रयास किया, जहाँ रानी अपने 48 सहेलियों के साथ आराम कर सकती थी | यह गार्डन आज भी कई मायनों में अपने उद्देश्य को पूरा करता है और शहर की भीड़ भाड़ से बचने के लिए लोग इस स्थान पर आते हैं |

उदयपुर में एक खास दर्शनीय स्थल है – **विंटेज कार संग्रहालय** जो मोटर कार में दिलचस्पी लेने वालों के लिए एक अच्छी जगह है | इस म्यूजियम का उद्घाटन फरवरी साल 2000 में किया गया था, जिसके बाद यह बहुत ही लोकीपरिय पर्यटन स्थल बन गया | इस म्यूजियम में कई पुरानी कारों जैसे 1934 के रोल्स-रॉयस फैन्टम , जो बॉन्ड फिल्म ऑक्टोपुसी में इस्तेमाल हुई थी और कई दुर्लभ रोल्स रॉयस मॉडल की कारों का घर है |

हमारा तीसरा दिन था | आज हमने **शिल्पग्राम** देखने का मन बनाया | यह लगभग 70 एकड़ भूमि में फैला हुआ और अरावली पर्वतमाला की गोद में स्थित राजस्थान की पारंपरिक कला और शिल्प को बढ़ावा देने के लिए स्थापित एक ग्रामीण कला और शिल्प परिसर है | यह स्थान कई कारीगरों को रोजगार देता है और कई सांस्कृतिक त्यौहारों का केंद्र है, जो इस स्थान पर नियमित रूप से आयोजित किए जाते हैं | यहाँ का एक अन्य प्रमुख आकर्षण ओपन एयर एम्फी थियेटर है जो कई कला उत्सवों के लिए केंद्र का काम करता है | अगर आप ग्रामीण जीवन की सादगी का अनुभव करना चाहते हैं तो शिल्पग्राम जरूर देखना चाहिए |

ऐसा कैसे हो सकता है कि आप उदयपुर घूमें और यहाँ के स्वादिष्ट व्यंजनों का स्वाद न लें ?यहाँ के प्रसिद्ध **होटल नटराज** की दाल बाटी चूरमा और गट्टे की सब्जी का स्वाद हर किसी के दिल में बस जाता है | इस होटल को राजस्थानी भोजन बनाने में महारत हासिल है | इसके अलावा **शिव शक्ति चाट** पर आप विभिन्न प्रकार के कचौरी चाट का स्वाद चख सकते हैं, जो इस शहर के खास व्यंजनों में से एक है | **नीलम रेस्तरां** एक राजस्थानी थाली देता है जो मीठी , चटपटी और मसालेदार भोजन से भरी होती है | हमने इसका भी स्वाद लिया |

****

तीन दिन उदयपुर का भ्रमण करने के पश्चात मैं जयपुर वापस अपने ससुराल आ गई | प्रेम से बस सुबह शाम बातें होती थी | कभी कभार रूपा मिलने आ जाती थी | वो जयपुर नगर महापालिका के दफ्तर में काम करती थी |

शिला को भी उदयपुर की ट्रेवल कंपनी में जॉब मिल गई थी | शिला देखने में बहुत खूबसूरत थी और बातें भी बड़ी मीठी मीठी करती थी | किसी को भी रिझाना उसके बाएं हाथ का खेल था | ट्रेवल कंपनी में ऐसी ही लड़की की जरूरत थी | पहली बार में ही उसका सलेक्सन हो गया | उदयपुर जॉब ज्वाइन करने के पहले वो मुझसे मिलने आई और कहा,

"दीपा , तू भी जॉब के लिए अप्लाई कर दे |"

"यार , मेरे सास ससुर का कहना है कि मुझे जॉब की क्या जरूरत है | घर में ही पर्याप्त काम है | प्रेम भी चाहता है कि मैं सास- ससुर के पास ही रहूं | मैं जॉब के लिए ज्यादा जोर नहीं दे सकती | क्योंकि इनकी रजामंदी से ही मेरी शादी हुई है | मेरा भी तो फर्ज बनता है कि मैं इनका कहना मानूँ | जब प्रेम कहेगा तो मैं अप्लाई कर दूँगी |"

"देख ले यार, तेरी मर्जी | मैं तो आजाद पंक्षी हूँ , अपनी मर्जी से जीती हूँ और बिंदास रहती हूँ | बंधन में बंधना मेरे वश की बात नहीं | मैं तो लीव इन में रह लूँगी पर शादी नहीं करूंगी |शादी का झंझट कौन पाले ? आज के जमाने में तो जिसके साथ मर्जी हो उसके साथ रहो | जब दिल भर जाए तो बाय बाय |"

"तुझे अपने मम्मी –पापा का डर नहीं लगता ?"

"पापा तो इस दुनिया में हैं नहीं और मां किसी के साथ लीव इन में रह रही है | मेरा ख्याल कौन करेगा | मुझे ही अपना ख्याल करना है | रूपा क्या कह रही थी तुझे याद है न ? आत्मनिर्भर बनो –मानसिक, शारीरिक, आर्थिक और बौद्धिक रूप से इंसान को आत्मनिर्भर होना चाहिए |"

"यार तेरे कॉन्फिडेंस को तो दाद देनी पड़ेगी |"

"चलती हूँ यार , कल उदयपुर जाना है तैयारी करनी पड़ेगी |"

वह मुस्कुराती हुई और बालों को लहराती हुई बाय बाय कह कर चली गई |

मैं सोचती रही क्या ऐसी आत्मनिर्भरता सही है जहाँ सामाजिक मर्यादाओं का कोई सम्मान न हो | ऐसी आजादी तो बिना ब्रेक की गाड़ी के समान है जो कभी भी दुर्घटना ग्रस्त हो सकती है | एक शिला है जिसे अपने अलावा परिवार समाज और भारतीय परंपराओं की कोई परवाह नहीं है | यह शादी को बंधन मानती है पर यौन सुख का भरपूर आनंद उठाना चाहती है | इसे लीव इन रिलेशन में रहने से भी कोई परहेज नहीं है | वहीं दूसरी ओर रूपा है जो भारतीय परंपरा को मानते हुए माता-पिता की मर्जी के बिना शादी नहीं करना चाहती | वहीं मैं हूँ जिसने माता-पिता की खुशियों की जरा भी परवाह नहीं की और घर से भाग कर उनकी इच्छा के विरुद्ध शादी कर ली |

हर इंसान का अपना जीवन जीने का ढंग है |सुविधानुसार अपनी खुशी के लिए तरीके ढूंढ ही लेता है और उन्हे सही या गलत साबित करने के तर्क भी देता है | जो भी हो , मैं इतना जानती हूँ कि अपनी खुशी के लिए किसी दूसरे की खुशी नहीं छीनना चाहिए | और खुश रहना है तो अपने अलावा किसी दूसरे से उम्मीद नहीं लगानी चाहिए | वरना इस संसार में दु:ख ही दु:ख है |शायद यही एक सर्वमान्य विचार हो सकता है | पर मैंने तो अपने माता-पिता की खुशी छीनी है | मुझमें धैर्य नहीं था | यदि होता तो कुछ वर्ष और इंतजार कर लेती | तब तक शायद वो मान जाते | अब सोचने से क्या फायदा | मम्मी–पापा का ख्याल आते ही आँखों में आँसू आ गए | मैंने मां को फोन लगाया |

फोन की घंटी बज रही थी पर मां फोन नहीं उठा रही थी | तीन बार कोशिश की पर मां ने फोन नहीं उठाया | मन में ख्याल आने लगे | मां बहुत नाराज है | लगता है अब हमेशा के लिए मुझसे संबंध तोड़ दिया है | मैं तकिये में मुह छुपा कर रोती रहीं | मन नहीं माना | फिर उठी | पापा को फोन लगाया | इस बार भी घंटी जा रही थी पर पापा ने भी फोन नहीं उठाया | मेरा दिल बैठ गया | अब तो सबने नाता तोड़ लिया | ये मेरे कर्मों की सजा है | अब मुझे ही भुगतना होगा | दहाड़ मार कर रोने का दिल कर रहा था | पर बिस्तर पर लेटी हुई सुबकती रही | खुलकर रो भी नहीं सकती थी |

अचानक फोन की घंटी बजी | लपक कर उठाया | देखा तो मां का फोन था |

"हैलो मम्मी कैसी हो ?"

"मैं तो ठीक हूँ बेटा पर तेरे पापा की तबीयत ठीक नहीं है |"

"क्या हुआ उन्हे ?"

"उन्हे हार्ट अटैक आया था | तेरे जाने के दिन से ही वो अस्पताल में भर्ती हैं | उनके हार्ट का ऑपरेशन हुआ है |"

मैं जोर जोर से रोने लगी और पूछा ,

"पापा कहाँ भर्ती हैं मां ?"

"फोरटीस एस्कॉर्टस हॉस्पीटल जयपुर में |"

"मैं अभी आती हूँ , मां |"

मैंने स्कूटी स्टार्ट किया और निकल पड़ी फोरटीस हॉस्पीटल के लिए | वार्ड में पहुंची तो देखा पापा बेड पर लेटे हुए थे | उनकी आँखें बंद थी |मां उनके पास स्टूल पर बैठी हुई थी | पापा की हालत देखकर मुझे रोना आ रहा था | मैं अपने आप को रोक नहीं पाई और पापा के पैरों में झुक गई और पैर पकड़ कर रोने लगी | मां मेरे पास आई और मुझे गले से लगा लिया | मैं सिसक सिसक कर रोती रही | पापा के सर पर मैंने हाथ फेरा | उन्होंने काँपते हाथों से मेरे हाथ को पकड़ कर चूम लिया | उनके आँसू बह निकले | मैंने पापा को इस तरह रोते हुए पहले कभी नहीं देखा था | मैंने पापा से कहा,

"पापा, मुझसे बहुत बड़ी गलती हो गई, प्लीज मुझे माफ कर दीजिए | आपने मेरी हर बात मानी है, एक बार और मान लीजिए ....

पापा को दो दिन बाद हॉस्पीटल से डिस्चार्ज कर दिया गया | मैं रोज पापा को देखने घर जरूर जाती थी | पापा अब काम पर जाने लगे थे | उनसे मेरे रिश्ते अब सामान्य हो गए थे | वो यही कहते थे ,

"बेटा, तुमने धैर्य खो दिया | जो हो गया उसे भूल जाओ अब आगे कोई भी कदम सोच समझ कर उठाना | याद रखो –माता-पिता से बढ़ कर अपनी संतान के लिए भला चाहने वाला कोई नहीं हो सकता |"

****

करीब तीन महीने हो गए थे | प्रेम शादी के बाद जब से उदयपुर गया था तब से वापस जयपुर मिलने नहीं आया था जबकि 8 घंटे का ही सफर था | मैंने उससे कहा,

"यदि तुम जयपुर नहीं आ सकते तो मैं आ जाती हूँ उदयपुर |"

"नहीं , तुम यहाँ नहीं आना , मैं होटल में रहता हूँ तुम्हें कहाँ रखूँगा ?"

"तो ठीक है , तुम कल तक जयपुर आ जाओ वरना मैं वहाँ पहुँच जाऊँगी |"

मैंने दो दिन और इंतजार किया | जब वो नहीं आया तो मैं उदयपुर के लिए निकल पड़ी और उसके होटल पहुँच गई | वो ड्यूटी पर था | उसने मुझे देखते ही कहा,

"दीपा , मुझे छुट्टी नहीं मिल रही थी मैं कैसे आता ?"

मैंने कहा ,

"तुम्हें अभी छुट्टी मिल जाएगी | तुम अपनी ड्यूटी करो मैं तुम्हारी छुट्टी लेकर आती हूँ |"

"देखो दीपा, कोई हंगामा मत करो |"

"मैं कोई हंगामा करने नहीं तुम्हारी छुट्टी मंजूर कराने आई हूँ |"

ऐसा कहकर मैं मैनेजर के कमरे की ओर बढ़ी | प्रेम मेरे पीछे पीछे दौड़ा | मैंने साफ कह दिया ,

"तुम मेरे पीछे मत आओ , मैं तुम्हारी छुट्टी मंजूर करा कर लाती हूँ |"

मैं जब मैनेजर के कमरे में पहुंची तो देखा वहाँ शिवेंद्र बैठा हुआ है | हम एक दूसरे को देखकर आश्चर्यचकित हो गए | उसने पूछा,

"दीपा, तुम कब आई ? मुझे फोन कर दिया होता तो मैं गाड़ी भिजवा दिया होता | घूमने फिरने आई होगी , अभी कहाँ रुकी हो ?"

"अभी कहीं नहीं , बस मेरा एक अनुरोध है |"

"हाँ बोलो , मेरे लिए खुशी की बात है कि तुमने मुझे याद तो किया |"

"प्रेम को दो दिन की छुट्टी दे दो |वे शादी के बाद तीन महीने से घर नहीं गए |"

"ओह ! अब समझा | वो क्या तुम्हारा पति है ?"

" हाँ |"

"उन्होंने छुट्टी के लिए अब तक कोई आवेदन नहीं दिया वरना दो दिन की छुट्टी तो मिल जाती | कोई बात नहीं | उसकी छुट्टी कल से मंजूर है | कल संडे भी है | तीन दिन साथ रहो उदयपुर घूमो फिरो और मेरे लिए कोई सेवा हो तो जरूर बताना |"

"शिवेंद्र, आपका बहुत बहुत धन्यवाद |"

"धन्यवाद की कोई बात नहीं ,मुझे अपना दोस्त समझो , पर जाने से पहले एक बार जरूर मिल कर जाना |"

मैंने शिवेंद्र से विदा ली और प्रेम को बता दिया कि उसकी दो दिन की छूटटी मंजूर हो गई है | उसने कहा,

"चलो पहले लंच कर लो |"

हमने साथ लंच किया फिर वो मुझे लेकर उदयपुर के एक फ्लैट में ले गया | जब हम वहाँ पहुंचे और कॉल बेल बजाया तो शिला ने दरवाजा खोला | उसने कहा ,

"यार, तूने तो सरप्राइज दे दिया | चलो अच्छा रहा | प्रेम तो कभी यहाँ आता-जाता नहीं , कहता है टाइम नहीं मिलता | आज इसी बहाने तुम्हारे साथ इसे टाइम मिल गया |"

मैंने पूछा,

"शिला, क्या तुम यहाँ अकेली रहती हो ?"

"हाँ अकेली रहती हूँ, कभी कभी मेरा बॉय फ्रेंड आ जाता है | तू बिंदास रह वो नहीं आएगा |"

प्रेम ने कहा,

"मैं चलता हूँ तुम दोनों सहेलियाँ बातें करो, मुझे ड्यूटी पर जाना है | कल से तीन दिन के लिए फ्री हूँ |"

"यार ड्यूटी पर तो मुझे भी जाना है , तुम्हारा फोन आया कि दीपा आ रही है तभी आना पड़ा | दीपा मैं जा रही हूँ | शाम को मिलते हैं | प्रेम ,तुम भी आ जाना डिनर यहीं करेंगे |"

प्रेम और शिला अपनी ड्यूटी पर चले गए | अब मैं अकेली रह गई | मैंने घर में नजर दौड़ाई | वो वन बी एच के फ्लैट था | कमरे के रैक में एक अटैची पड़ी थी | मुझे लगा ये तो प्रेम की अटैची है | जिज्ञासावश

अटैची को नीचे उतार कर देखा | वह खुली हुई थी | उसमें प्रेम के गीले अंडर गारमेंट्स और तौलिया रखे थे | साथ ही उसके जींस और टी सर्ट भी रखे थे | लगता था कुछ देर पहले ही जल्दबाजी में छुपा कर रखे गए हैं | मैं वाशरूम में गई तो देखा वहाँ सेविंग किट बैग भी रखा है | उसको तलाश किया तो उसमें प्रेम की अटैची की चाबी थी |

मुझे कोई शक नही रह गया था कि शिला का बॉय फ्रेंड और कोई नहीं बल्कि प्रेम है | वरना वो मुझे यहाँ आने से माना क्यों करता ? जबकि शिला कह रही थी कि प्रेम यहाँ कभी नही आता | तो प्रेम का ये सामान यहाँ कैसे आ गया ? मुझे एहसास हो गया कि प्रेम मेरे साथ बहुत बड़ा धोखा कर रहा था | मुझे लगा मेरे पैरों से जमीन खिसक गई , मुझे चक्कर आने लगे, पूरी धरती घूमती हुई महसूस हो रही थी | मुझे लग रहा था कि धरती फट जाती और मैं उसमें समा जाती | बुरा वक्त रुलाता है, मगर बहुत कुछ सीखा जाता है |

प्रेम ने एक पल के लिए भी नहीं सोचा कि मैंने उसके प्यार को पाने के लिए अपना घर छोड़ दिया | पिछले पाँच वर्षों से जिस इंसान को प्यार कर रही थी वो धोखेबाज निकला | मेरा क्या कसूर था ? क्या मैंने पहचानने में भूल की ? क्या मैंने भावावेश में शादी का निर्णय लिया ? क्या मैंने धैर्य खो दिया और जल्दबाजी की ? अब अपने माता- पिता से क्या कहूँगी ? यही की जिसके लिए उन्हे छोड़ा वो मुझे मझधार में छोड़ गया | मेरे एक गलत निर्णय से मेरे पिता को हार्ट अटैक का सामना करना पड़ा ......

मर्द होते ही छलिया हैं | प्रेम शिला के रूप पर मर मिटा | शिला कहती थी 'तूने प्रेम को चुरा लिया और हमे हवा भी नहीं लगने दी ' मैंने यूं ही कहा था 'तू चुरा लेना ' | उसने सचमुच मेरे प्रेम को चुरा लिया | वो तो हरजाई थी ही , उसने प्रेम को भी अपने रंग में रंग दिया | पाँच वर्षों का प्यार एक छलाता था ....सिर्फ एक धोखा | काश मैं प्रेम को समझ पाती ! लगता है प्रेम नाम की कोई चीज है ही नहीं दुनिया में या हम समझ ही नहीं पाते ? 'दिल 'कुछ चाहता है, फिर 'दिमाग' उसे पाने के लिए रास्ता तलाश करता है, फिर होता वही है जो 'तकदीर' में लिखा होता है | शायद प्रेम से धोखा खाना मेरी तकदीर में ही लिखा था ....

फिर शिवेंद्र का प्यार क्या है ? उसके साथ तो मैंने एक दिन भी नहीं गुजारे ? वह भी तो एक मर्द है | मुझसे मिलते ही मेरी मदद करने को तैयार था | यह उसका संस्कार है | इंसानियत एक दिन का परिणाम नहीं है | कई वर्ष लग जाते है एक सच्चा इंसान बनने में | एक सच्चा इंसान ही सच्चा प्यार दे सकता है |

मुझे शिवेंद्र की याद आ गई | मैंने अपने आँसू पोंछे और निर्णय ले लिया कि अब इस धोखेबाज प्रेम के साथ एक पल भी नहीं रहूँगी | मैं उन औरतों की तरह नहीं हूँ जो बेवफाई का गम लेकर जिंदगी भर वेवफ़ा मर्द के साथ जीने-मरने की कसमें खाती हैं , अत्याचार सहती हैं , जब अति हो जाती है तब कानून का सहारा लेती हैं | तब तक देर हो चुकी होती है | जिंदगी रोने और अत्याचार सहने के लिए नहीं बनी है | मैं डट कर मुकाबला करूंगी | जीवन अपनी शर्तों पर जिऊँगी | अब एक ही रास्ता है प्रेम से तलाक ....

मैंने शिवेंद्र को फोन लगाया

"हैलो दीपा क्या बात है ?"

"शिवेंद्र , क्या आप मुझे अभी मिल सकते हो ?"

"हाँ , जरूर पर क्या बात हो गई ?"

"मैं मिलने पर बताऊँगी |"

"कहाँ मिलना है ?"

"मैं प्रताप नगर के फ्लैट नंबर 245 में हूँ |"

"ठीक है, तुम मेरा इंतजार करो , मैं पंद्रह मिनट गें वहाँ पहुंचता हूँ |"

मेरे लिए अब उस फ्लैट में रुकना एक एक पल भारी पड़ रहा था | मैं बैग लेकर बिल्डिंग के नीचे आ गई और चहलकदमी करने लगी | तभी शिवेंद्र आ गए | मैं उनकी कार में बैठ गई | वो आगे बढ़े और 200 मीटर पर जाकर गाड़ी रोक दी और पूछा,

"इस बिल्डिंग में मेरा फ्लैट है | यदि तुम चाहो तो हम यहाँ बैठ कर बातें कर सकते हैं या किसी कैफे में चल सकते हैं |"

"आपके फ्लैट में ही चलते हैं |"

हम दोनों फ्लैट में गए | मैंने पूछा,

"प्रेम कहाँ रहता है ?"

“उसी फ्लैट में जहाँ से आप इस कार में बैठी थीं |”

“वो तो कहता है कि वो होटल में ही रहता है |”

“वो सिर्फ ड्यूटी के समय होटल में रहता है | सिक्योरिटी स्टाफ के लिए रूम है पर वो ड्यूटी के बाद वहाँ नहीं रुकता | वो फ्लैट उसने ही किराये पर लिया है | मैंने ही उसे दिलवाया था | उसके साथ एक खूबसूरत लड़की रहती है | वो कहता था वो उसकी फ्रेंड है |”

“आप तो जानते थे कि प्रेम मेरा पति है फिर भी आपने मुझे उसके बारे में कुछ नहीं बताया |”

“दीपा , मैं किसी के व्यक्तिगत जीवन में अवरोध नहीं बनता | मैं जानता था इसका परिणाम यही होगा | यदि मैं आपको बताता तो शायद आप को विश्वास न होता और आप सोचतीं कि मैं अपने फायदे के लिए आपको बता रहा हूँ | यही वजह है कि मैंने आपको बताना ठीक नहीं समझा |”

“शिवेंद्र, मेरे जीवन की सबसे बड़ी भूल थी जो आप जैसे सच्चे इंसान का हाथ थामने की बजाय एक धोखेबाज का हाथ थामा | मुझे इस बात का बेहद अफ़सोस है | मुझे आपका जीवन भर का साथ चाहिए |”

मैंने बड़ी उम्मीद भरी नजरों से शिवेंद्र की ओर देखा | शिवेंद्र ने मेरे सर पर हाथ रखा | मैं भरभरा कर रो पड़ी | उन्होंने मुझे अपने सीने से लगा लिया | और कहा ,

“जब आँसू आपका हो और पिघलता कोई और हो ......तब ये समझ लेना कि वो रिश्ता दिल का है , फिर चाहे वो रिश्ता प्रेम का हो या मित्रता का |”

मैं शिवेन्द्र के सीने से लग कर उनकी धड़कनों को सुन रहीं थी , एक सुकून सा मिल रहा था जैसे मेरे घावों पर कोई मलहम लगा रहा हो | मैं अतिरेक आनंद में खोई हुई थी तभी उन्होंने फिर कहा,

“दीपा मैंने तो शादी का इरादा ही छोड़ दिया था | तुमने तो मेरी उम्मीद जगा दी | प्रेम तुम्हारे लायक था ही नहीं | वो तो एक छलिया है जिसे सच्चे प्यार की कोई कदर नहीं है वरना तुम्हारे प्यार को भुला कर वो उस लड़की के साथ इस तरह न रहता | तुम्हारा मेरे जीवन में आना एक सौभाग्य होगा | मेरे इंतजार की घड़ियाँ खत्म होंगी |हम दोनों

नए जीवन की शुरुआत करेंगे |तुम निराश न हो | अपने घर जाओ और तलाक का मुकदमा फ़ाइल करो | तलाक होते ही हम दोनों शादी करेंगे |"

हम दोनों एक कैफे में गए | बैठ कर कॉफी पिया फिर उन्होंने मुझे जयपुर जाने वाली बस में बैठा दिया और कहा ,

"दीपा , फोन जरूर करना , मुझे तुम्हारा इंतजार रहेगा |

****

उदयपुर पहुँच कर मैंने ससुराल से अपना सामान उठाया और अपने मायके चली आई | मां ने पूछा,

"क्या हुआ

बेटा,अचानक कैसे आ गई ?"

मैंने कहा,

"मां प्रेम धोखेबाज निकला | वह उदयपुर में मेरी एक कॉलेज की दोस्त शीला के साथ रह रहा है |मुझे कहता रहा कि वो होटल में काम करता है और वहीं रहता है | वो झूठ बोलता था | मैंने अपनी आँखों से देखा है –उसका सारा समान शीला के घर में है और दोनों वहीं एक साथ रहते हैं | शिवेन्द्र उस होटल का मैनेजर है जहाँ प्रेम काम करता है , मैंने शिवेंद्र से भी पूछा है | उसने बताया कि प्रेम होटल में नही बल्कि शिला के साथ एक फ्लैट में रहता है | शिवेन्द्र का फ्लैट भी उसके फ्लैट के पास है |"

"तूने ठीक किया बेटा, जो यहाँ आ गई | अब मुड़ कर उस धोखेबाज के पास नहीं जाना | तलाक का मुकदगा फ़ाइल कर दे और उससे पीछा छुड़ा ले |"

पापा भी घर आ गए थे | उन्हे देखते ही मैं उनके सीने से लग कर रोने लगी |उन्होंने पूछा क्या हुआ | मां ने उन्हे सारी बात बताई | उन्होंने कहा,

"तूने ठीक किया बेटा, वो धोखेबाज तेरे लायक नहीं है | शिवेंद्र बहुत अच्छा लड़का है | उसने अब तक शादी नहीं की है | उसके पिता मेरे दोस्त हैं | मुझे यकीन है वो तुझे अपनी बहू बना लेंगे | तू सबसे पहले प्रेम से तलाक ले ले |"

मैंने शिवेन्द्र को फोन लगाया और कहा,

"शिवेन्द्र मैंने प्रेम का घर छोड़ दिया है और अपने घर आ गई हूँ |"

"ठीक है , मैं एक वकील का नंबर तुम्हें भेजता हूँ | उनसे कॉन्टेक्ट कर लेना और जाकर तलाक का केस फ़ाइल कर देना | वो मेरे मित्र हैं | कोई दिक्कत हो तो मुझे जरूर बताना |"

दूसरे दिन मैंने वकील से मिलकर तलाक का केस फ़ाइल कर दिया | एक सप्ताह बाद जब प्रेम को अदालत से तलाक नोटिस मिला तो उसका फोन आया | प्रेम ने कहा,

"दीपा , ये तुमने क्या किया ? इतना बड़ा फैसला ले लिया | उस दिन नाराज होकर चली गई, बताया भी नहीं और फोन भी नही उठाया |"

"प्रेम अब हमारे बीच कहने सुनने को कुछ नहीं बचा है | तुमने मुझे धोखा दिया है | गलती तुम्हारी नहीं है की तुमने मुझे धोखा दिया , गलती मेरी थी जो मैंने तुम्हें मौका दिया | अब ये मौका तुम्हें मैं देने वाली नहीं हूँ |"

"दीपा तुम्हें गलतफहमी हुई है | मुझे पता था कि तुम जरूर आओगी इसलिए मैं कल ही अपना सामान लेकर सुबह शिला के घर गया था और अटैची रखकर आ गया और तुम्हें लगा कि मैं शिला के साथ ही रहता हूँ |"

"प्रेम ,तुम अभी भी झूठ बोल रहे हो | मैंने सब पता कर लिया है | देखो प्रेम ,रिश्ते विश्वास की डोर पर टिके होते हैं , अगर रिश्तों में जासूसी करनी पड़े तो बेहतर यही है कि वो रिश्ते तोड़ देने चाहिए |"

"ठीक है , तो मैंने भी फैसला कर लिया है ,मैं तुम्हें तलाक नहीं दूंगा , देखता हूँ तुम कैसे दूसरी शादी करती हो ?"

"देखो प्रेम , मैंने प्यार पाने के लिए अपने माता-पिता को छोड़ दिया , तो तुम जैसे धोखेबाज को सबक सिखाने के लिए कुछ भी कर सकती हूँ | बेहतर है तुम इस सच्चाई को समझ जाओ और आपसी सहमति से तलाक ले लो |तुमने साबित कर दिया है कि हम एक दूसरे के लिए बने ही नहीं हैं | जीवन का कीमती समय बर्बाद न करो | मैं तुमसे कुछ नहीं मांग रही | तुम तलाक ले लो और खुशी से शिला के साथ रहो , मुझे कोई आपत्ति नहीं है | मैंने जीवन में किसी को धोखा नहीं दिया और न ही धोखे में रहना चाहती हूँ | मेरा जिंदगी में एक उसूल है ......सीधा बोलो, सच

बोलो और मुंह पर बोलो जो अपने होंगे वो समझ जाएंगे और जो नाम के होंगे वो दूर हो जाएंगे |हम तलाक के बाद भी एक दोस्त की तरह रह सकते हैं |"

"इसका मतलब है तुम अपना फैसला नहीं बदलोगी ?"

" बिल्कुल नहीं बदलूँगी ,मैं जो कहती हूँ वो करती हूँ और जो नही कहती वो जरूर करती हूँ |"

प्रेम समझ गया था कि मैं अपना फैसला नहीं बदलने वाली | उसे यह भी पता चल गया था कि यदि तलाक के लिए इनकार किया तो नौकरी जाने का भी खतरा था | वैसे भी वो शिला के साथ खुश था | उसने सहमति से तलाक लेने की हामी भर दी और छै महीने बाद हमारा तलाक हो गया | जिंदगी में एक बात तो तय है, कि तय कुछ भी नहीं है|

मैंने शिवेंद्र से शादी कर ली और शादी के बाद शिवेन्द्र ने मेरे लिए जॉब की सिफारिस कर दी | मुझे भी होटल के एच आर डिपार्टमेंट में नौकरी मिल गई |

मैंने प्रेम और शिला को माफ कर दिया है |आज भी प्रेम और शिला हमारे दोस्त हैं | पुरानी बातों का बोझ लेकर चलने से जिंदगी की राहें मुश्किल हो जाती हैं | किसी ने सही कहा है ,

"जिसे भुला नहीं सकते उसे माफ कर दो , जिसे माफ नहीं कर सकते उसे भुला दो |"

3

दुर्गा का संघर्ष

हिमालय की तराई में कुमाऊँ मण्डल का एक छोटा सा शहर है काशीपुर | वैदिक काल में काशीपुर नगर का नाम उज्जैनी था तथा यहाँ से बहने वाली ढेला नदी का नाम स्वर्णभद्रा था |वर्तमान काशीपुर नगर की स्थापना काशीनाथ अधिकारी ने की थी ,जो चंपावत के राजा देवी चंद के शासन काल में तराई क्षेत्र के अधिकारी थे | नगर में प्राप्त सिक्कों और अन्य अवशेषों से पता चलता है कि यह क्षेत्र दूसरी शताब्दी के आसपास कुणिंद राजवंश के अधीन था | तत्पश्चात यह गुप्त राजवंशों के अधीन रहा | यह राजा हर्षवर्धन के साम्राज्य का हिस्सा था | उस समय के कई खंडहर अभी भी शहर के पास विद्यमान हैं | यह शहर कपड़े और धातु के बर्तनों का ऐतिहासिक व्यापार केंद्र था | स्वतंत्रता पूर्व काशीपुर नगर में जापान से मखमल, चीन से रेशम व इंग्लैंड के मैनचेस्टर से सूती कपड़े आते थे , जिनका तिब्बत व पर्वतीय क्षेत्रों में व्यापार होता था |इसे **मैनचेस्टर ऑफ हिल्स** के नाम से जाना जाता था |आजादी से पहले ट्रांसपोर्ट की सुविधा शुरू हुई तो दिल्ली व अन्य शहरों से सीधे माल जाने लगा और यहाँ का कपड़ा उद्योग समाप्त हो गया |

काशीपुर नगर में ऐतिहासिक व धार्मिक महत्व के कई महत्वपूर्ण स्थल हैं | एक ओर उज्जैन किला जो नगर के समृद्ध अतीत को दर्शाता है, तो वहीं दूसरी ओर नगर में स्थित महिषासुर मर्दिनी देवी मोटेश्वर महादेव तथा मां बालासुन्दरी के मंदिर नगर पर हिन्दू संस्कृति की

अभिन्न छाप का चित्रण करते हैं | द्रोण सागर, गिरिताल ,तुमरिया बांध तथा गुरुद्वारा श्री ननकाना साहिब काशीपुर के प्रसिद्ध पर्यटन स्थल हैं |

इसी शहर के बीचोंबीच एक मोहल्ले में मेरा घर है | मेरे पिता कपड़े के व्यापारी हैं हमारा एक छोटा सा परिवार है – मेरे माता - पिता, और हम तीन बहनें रीता, नीता, और मैं (दुर्गा) | बड़ी दोनों बहनों की शादी हो गई और वो अपनी खुशहाल पारिवारिक जिंदगी में व्यस्त हो गईं | मैं तीनों में छोटी थी |मेरा बचपन बहुत लाड़ प्यार में बीता |मुझे मम्मी-पापा, दादा-दादी, नाना-नानी सभी का प्यार भरपूर मिला | मेरे दादा मेरे लिये घर आते वक्त कुछ न कुछ जरूर लाते थे पर आसानी से देते नहीं थे जब तक मैं रोने न लगूँ | मैं सिर्फ एक रुपया ही मांगती थी | एक रुपया मिल जाता और मैं खुश हो जाती थी | मैं जब बड़ी हो गई तब भी मुझे मेरे घर के लोग यही कहते थे " इसे सिर्फ एक रुपया चाहिए , इसे दे दो ये खुश हो जाएगी |"मैं बचपन से शरारती और चंचल थी तो शरारत भी ज्यादा करती थी | हमारे घर के साथ ही हमारे चाचा , ताऊ के मकान थे , उनके बच्चे थे और हम सब भाई बहन मिलकर गलियों में छुपा-छुपी का खेल खेलते थे, आपस में लड़ते झगड़ते थे , फिर मिल जाते थे | दोस्ती और दुश्मनी के लिए दिल में जगह नहीं थी | हाँ अनबन जरूर होती थी जिसका परिणाम होता था- कट्टी, वह भी थोड़ी देर के लिए | पूरी गली हमारे कोलाहल से गूँजती रहती थी | जो कुछ कमी रहती थी वो फेरी वाले , ठेले वाले , और बाजार के बीच आने जाने वाले पूरा कर देते थे| ऐसा लगता था जैसे सारा दिन जश्न का माहौल है |

हम सभी बच्चों को काशीपुर में लगने वाले चैती मेले का बड़ी बेसब्री से इंतजार रहता था | यह मेला चैत्र प्रतिपदा से पूर्णमासी तक आयोजित किया जाता है | यहाँ सर्कस, झूले, बाजार की जनोपयोगी वस्तुओं के अतिरिक्त बड़े व्यापक स्तर पर पशुओं का क्रय-विक्रय भी हुआ करता था | यहाँ घोड़ों की भी बिक्री होती थी | हल्द्वानी, रामनगर, नैनीताल, रामपुर, बरेली, मुरादाबाद आदि नगरों के लोग भारी संख्या में यहाँ पर सामान व घोड़े खरीदने के लिए आया करते थे | समय के साथ साथ घोड़ों की आवश्यकता न रहने से इस का व्यावसायीक महत्व कम हो गया और

अब यह मेला अतीत की स्मृति बनता जा रहा है |

काशीपुर से कुंदेश्वरी की ओर जाने वाले मार्ग पर जहाँ इस मेले का आयोजन होता था , वहाँ पर शाक्त संप्रदाय से सम्बद्ध बालासुन्दरी देवी का प्राचीन मंदिर है | इसके संबंध में जन विश्वास है कि नवरात्रों में, विशेष कर अष्टमी-नवमी को,यहाँ पर जो मनौती मांगी जाती है वह अवश्य पूरी होती है | वैसे देवी का स्थायी आसान काशीपुर से 4 किलोमीटर दूर पक्काकोट मुहल्ले में है वहाँ इनकी सुवर्ण प्रतिमा को स्थायी रूप में रखा जाता है तथा चैती का मेला प्रारंभ होने पर पहले दिन इसे एक डोले में रखकर शोभायात्रा के रूप में देवालय में लाया जाता है | डोले में प्रतिमा को स्थापित करने से पूर्व अर्धरात्रि में उसका पूजन करके उसे अजबली चढ़ाई जाती है | यहाँ की जनजाति बॉक्सा लोगों को इस देवी पर अटूट श्रद्धा है |अतः इनके नव-विवाहित जोड़े मां बालासुन्दरी का आशीर्वाद प्राप्त करने के लिए इस अवसर पर अवश्य यहाँ पहुंचते हैं | इस मेले का व्यावसायिक महत्व कम हो गया है पर धार्मिक महत्व अभी भी यथावत बना हुआ है |

****

जैसे ही मैं 10 साल की हुई तो अपने आसपास के वातावरण को देखने लगी और समझ आने लगा कि किसी न किसी उद्येश्य को लेकर जीवन में कुछ करना होगा और कुछ खास करना होगा |पर क्या करना होगा ये पता नहीं था | जानने की तीव्र अभिलाषा थी |

जब मैं कक्षा छठवीं में थी तो मेरे पिता के मित्र ने कहा,

“भाई साहब, आपकी बेटी बहुत एक्टिव है, इसे स्टेडियम भेजो और गेम्स में आगे बढ़ाओ|”

बस मैने उनकी ये बात सुनी और किसी से कुछ नहीं पूछा | अपनी एक दोस्त को मनाया और स्टेडियम का रास्ता पता करते हुए स्टेडियम पहुँच गई | वहाँ हम दोनों टेबल टेनिस हॉल में गए पर वहाँ कोच नहीं थे | हम वापस लौटे और मैदान में आए तभी हमारी मुलाकात बॉक्सिंग कोच से हुई | उन्होंने हमारा परिचय लिया और फिर रनिंग व जम्पिंग कराई | हमने बड़े ही जोश में सब कुछ किया, तो वे बड़े खुश हुए | और कहा,

“बेटा आपमें तो बहुत टैलेंट है , चलो आपको बॉक्सिंग रिंग दिखाते हैं , आप एक अच्छे बॉक्सर बनोगे | आपको रोज स्टेडियम आना है फिर आपका सलेक्सन स्पोर्ट्स अथॉरिटी ऑफ इंडिया के हॉस्टल में डे बॉर्डर के लिए होगा | फिर आपको स्पोर्ट्स किट,खाने के लिए फल और 500 रुपये हर महीने मिलेंगे |”

“सर ये डे बॉर्डर क्या है ?”

“मतलब तुमको हॉस्टल में रहने की जरूरत नहीं पड़ेगी और तुम अपने घर से रोज आना जाना कर सकते हो |”

उनकी ये बात सुनकर मैं बहुत खुश हो गई | ऐसा लग रहा था जैसे सब कुछ मिल गया | इसी तरह स्टेडियम जाना शुरू कर दिया | पर घर वाले मना करते थे , कहते थे,

“बॉक्सिंग नहीं करनी है , यह लड़कियों का खेल नहीं है |”

मैं भी बहुत जिद्दी थी | मैं सुबह शाम स्टेडियम जाने लगी | स्टेडियम के अलावा कहीं मन ही नहीं लगता था |कई बार तो स्कूल भी नहीं जाती थी | मेरी टीचर को जब पता चला कि मैं बॉक्सिंग खेलती हूँ तो वो मुझे परीक्षा में नंबर भी एक्स्ट्रा देती थी |

एक दिन स्टेडियम में कहीं मेरा गोल्डन रिंग गिर गया | मैं समझ नहीं पा रहीं थी कि अब क्या होगा ? घर जाकर किसी को नहीं बताया , न ही खाना खाया और चुपचाप जाकर सो गई | अगले दिन अपनी बड़ी बहन को बताया पर मम्मी को बताने की तो हिम्मत ही नहीं थी | बड़ी बहन ने मम्मी को बता दिया | फिर क्या था | मम्मी बरस पड़ी और कहा,

“आज से तू स्टेडियम नहीं जाएगी, इतना नुकसान कौन सहेगा ?

सभी की डांट सुनने के बाद भी मैं नहीं मानी और मेरा रोज स्टेडियम जाना जारी रहा | सबसे पहली राज्य स्तरीय बॉक्सिंग प्रतियोगिता मैंने दिसंबर 2002 में उत्तराखंड के टनकपुर में खेली और वहाँ से सिल्वर मेडल जीता | वो दिन मेरे लिए खास था , तब लगने लगा कि मुझे सही रास्ता मिल गया है |

दिन बीतते गए और मेरी बॉक्सिंग का स्तर भी बढ़ता गया | उत्तराखंड की बेस्ट बॉक्सर का खिताब भी मिलने लगा तो भरोसा भी बढ़ता गया |स्थानीय समाचार पत्रों में मेरी फ़ोटो के साथ मेरी बॉक्सिंग

के बारे में समाचार छपने लगे | मैं जहाँ जाती वहाँ मेरी चर्चा होने लगी | लोग मुझे जानने लगे और मेरी तारीफ करने लगे | मेरा हौसला बढ़ता गया |

मुझे बॉक्सिंग खेल में इतनी रुचि जागी कि मैंने आठ वर्षों तक उत्तराखंड में लगातार गोल्ड मेडल लिया | मुझे एक बार इंटरनेशनल जूनियर बॉक्सिंग चैम्पियनशिप में भाग लेने के लिए रूस जाना था पर समय पर पासपोर्ट न बन पाने की वजह से मैं उस प्रतियोगिता में भाग न ले सकी |

मेरा सलेक्सन सीनियर वुमन नेशनल बॉक्सिंग चैम्पियनशिप के लिए हो गया | ये मेरी पहली राष्ट्रीय स्तर की चैम्पियनशिप थी | मैं बहुत खुश थी | यह प्रतियोगिता दिसम्बर 2004 में केरल के कोलम में आयोजित की जानी थी | यह तीन दिन–रात की यात्रा थी | इस यात्रा में हमें बहुत मजा आया, हम ट्रेन के इंजन कम्पार्टमेंट में ड्राईवर से मिले |उन्होंने हमें इंजन के बारे में जानकारी दी | मस्ती करते हुए हम कोलम पहुँच गए | हम लोग ठंड के इलाके से गए थे पर केरल में तो दिसंबर में भी गर्मी लग रही थी | हमने वहाँ नए दोस्त भी बनाए |

मेरी फाईट का ड्रॉ खुला मेरी फाईट मिजोरम से थी | अगले दिन के राउंड तक तो मैं जीतती गई पर आखरी राउंड में मेरी अपोनेन्ट लीड में थी और वो अंततः जीत गई | अफ़सोस तो हुआ पर अपने आप को मोटिवेट किया यह सोच कर कि यह तो मेरे लिए पहली राष्ट्रीय प्रतियोगिता है | मुझे गेम को और सुधार करना होगा |

सुनामी आने की पूर्व सूचना हमें मिल गई थी और उससे बचने के उपाय भी बताए जा रहे थे इसके बावजूद भी हम 26 दिसंबर 2004 कोलम बीच घूमने गए | हमारे लिए समुद्र के किनारे घूमना बड़ा ही रोमांचक लग रहा था | हमने खूब इन्जॉय किया | लोगों ने मना भी किया पर कोई किसी की मान नहीं रहा था |जब कई घंटों के बाद हग बीच से बाहर निकले तो वहाँ अफरा तफरी मैच गई थी , लोग सुनामी की सूचना पाकर भाग रहे थे | हम भी भागते हुए होटल पहुंचे | हमारे कोच को जब हमारी कोलम बीच में मस्ती करने का पता चला तो उन्होंने हमारी खूब खबर ली और पिटाई भी की | इसके बावजूद भी कोलम की मस्ती हमारे

लिए एक यादगार लम्हा था |

जब जब हम खेलने के लिए जाते तब एक अलग ही खुशी होती थी | आल इंडिया की फ्रेंड्स से मिलना, अलग अलग उपहार लेना देना होता था| कोई मणिपुरी साड़ी , कोई आंध्रा प्रदेश की साड़ी, और कोई केरल का नारियल तेल गिफ्ट में देता था | वो मेरी लाईफ का गोल्डन पीरियड था | मैंने शादी से पहले जीवन के हर क्षण का भरपूर आनंद लिया | शायद वो इसलिए था कि शादी के बाद ठीक इसका उल्टा होना था |

खेलों के दौरान अलग-अलग लोगों से मिलना, कुछ नया सीखना ,कुछ अच्छे अनुभव , तो कुछ बुरे अनुभव हर हालात से गुजरना पड़ा | ऐसे ही एक बार हम नेशनल चैम्पियनशिप खेलने के लिए चेन्नई जा रहे थे | स्लीपर कोच में मेरा रिजर्वेसन था | मेरी साईड लोअर बर्थ थी, सुबह के 4 बजे थे | एक आदमी ने मेरे बैक पर हाथ रखा ही था कि मैं जोर से चिल्लाई और उसके पीछे भाग कर उसकी शर्ट के कॉलर से उसे पकड़ लिया | बस उसके चेहरे पर एक मुक्का मारा ही था तब तक हल्ला हो गया |पूरी ट्रेन में अलग-अलग राज्यों के बॉक्सर थे | मेरी साथी 15 बॉक्सर्स ने मिलकर उसे इतना मारा कि शायद ही वो आदमी जीवन में कभी किसी लड़की के साथ ऐसी छेड़ छाड़ की हिम्मत करेगा |

मुझे सेना की वर्दी देखकर बहुत खुशी होती थी | मेरा सपना था कि मैं सेना में जाऊँ | किसी ने बताया कि सेना में जाने के लिए गणित विषय भी होना चाहिए | मैं आर्ट्स की विद्यार्थी होते हुए भी गणित पढ़ना शुरू कर दिया | बॉक्सिंग चैम्पियनशिप जीतने के बाद जब पत्रकार मुझसे पूछते थे ,

"तुम्हारा सपना क्या है ?"

मैं कहती थी, "मैं सेना में जाना चाहती हूँ |"

बचपन के सपने थे वो रोज बदलते थे | हर रंग में रंगने का दिल होता था | मैंने 12 वीं की परीक्षा पास कर ली | तभी मुझे मेरी मौसेरी बहन ने कहा,

"दुर्गा , तू एयर होस्टेस की ट्रेनिंग ले ले | चंडीगढ़ में एक साल की ट्रेनिंग है |"

मैं तैयार हो गई | मैंने अपने मम्मी-पापा को बताया | वो भी मुझे चंडीगढ़ भेजने को तैयार हो गए | मैं एक साल चंडीगढ़ रहकर एयर होस्टेस की ट्रेनिंग ली | मेरा सलेक्सन इंडिगो एयरलाइंस में हो गया | मुझे कुछ दिनों में ही ड्यूटी ज्वाइन करना था | इसी बीच मेरी एक दोस्त का फोन आया | उसने कहा,

"यार दुर्गा ,सीनियर नेशनल बॉक्सिंग चैम्पियनशिप आगरा में होने वाली है | क्या तू वहाँ भाग नहीं लेगी ?"

"मैं जरूर भाग लूँगी ",मैंने कहा |

यह मेरे जीवन का टरनिंग पॉइंट था | मैं दोराहे पर खड़ी थी | मुझे एयर होस्टेस की सर्विस में आने वाली हालातों के बारे में किसी ने नकारात्मक बातें बताई और मेरा इरादा बदल गया | मैंने एयर होस्टेस बनने का इरादा छोड़ दिया और बॉक्सिंग चैम्पियनशिप में भाग लेने के लिए आगरा पहुंच गई | मेरा मुकद्दर मेरा साथ नहीं दे रहा था |और मेरा सलेक्सन उस चैम्पियनशिप में नहीं हो पाया |

****

सन 2008 में मैंने कॉलेज में बी ए में एडमीशन ले लिया | सब कुछ ठीक चल रहा था | चूंकि मेरी रुचि स्पोर्ट्स में थी, मैं स्पोर्ट्स अथॉरिटी ऑफ इंडिया ट्रेनिंग सेंटर के स्टेडियम में रोज सुबह और शाम बॉक्सिंग ट्रेनिंग के लिए जाती थी |

सन 2009 के सितंबर महीने की बात है, मैं बी ए फाइनल की छात्रा थी मेरी जान पहचान दुर्योधन से हुई | दुर्योधन SAI (Sports Authority of India) काशीपुर के स्पोर्ट्स हॉस्टल में रहता था और रोज सुबह- शाम स्टेडियम में अभ्यास के लिए आता था | देखने में वो एक औसत दर्जे का लड़का था पर उसकी बॉक्सिंग खेलने की शैली बहुत अच्छी थी | उसके खेलने के तरीके से मैं बहुत प्रभावित हुई | वो दूसरे खिलाड़ियों को भी गाईड करता था | हमारी नजदीकियाँ बढ़ती गई | मैंने एक बार उससे पूछा,

"दुर्योधन , तुम्हारा नाम दुर्योधन है , इसका क्या अर्थ है ?

"इसका अर्थ है –जिसके साथ लड़ाई बेहद मुश्किल हो |"

"क्या मतलब ? क्या तुम्हारे साथ कभी लड़ाई होगी नहीं |"

"लड़ाई तो होगी पर मेरे साथ लड़ना बहुत मुश्किल होगा |"

"अगर मुझे तुमसे लड़ना है तो क्या करना पड़ेगा ?"

"तो सोच लो तुम्हारा क्या हाल होगा ? मैं वैसे भी बॉक्सिंग चैंपियन हूँ , तुम मुझसे मुकाबला नहीं कर सकती |"

"क्यों नहीं कर सकती ?"

"मैं तुमको लड़ने का मौका ही नहीं दूंगा |"

ऐसा कह कर वह मुस्कुराने लगा |

****

हम अखिल भारतीय बॉक्सिंग चैंपियनशिप में भाग लेने के लिए मणिपुर की राजधानी इम्फाल गए | हमारी टीम में लड़के और लड़कियां दोनों थे | वहाँ हम 10 दिन रुके और हमारी टीम के ज्यादातर लड़के और लड़कियों ने अच्छा प्रदर्शन किया और ट्रॉफी जीत कर आए |

हमारी प्रतियोगिता देखने के लिए भारत की प्रसिद्ध बॉक्सर मेरी कॉम भी आई थीं | हमारी पूरी टीम ने उनके साथ एक फोटोग्राफ लिया | हम सब उनसे मिल कर बहुत खुश थे | मैंने उनसे कहा ,

"मेडम आप हमारी प्रेरणास्रोत हैं | हमें बॉक्सिंग के बारे में कुछ बताएं |"

"आप लोग तो बॉक्सर हैं, बहुत कुछ जानते हैं | मैं सिर्फ इतना कहना चाहती हूँ कि आपके अंदर आग होनी चाहिए और वो आग आप बुझने न दें | बाकी तो सब लगातार अभ्यास ,कड़ी मेहनत और जीतने का जज्बा ही आपको एक अच्छा खिलाड़ी बनाता है | आप लोगों ने तो मेरे बारे में बहुत कुछ देखा होगा, सुना होगा,और पढ़ा होगा मैं अब ज्यादा क्या कहूँ | मैं भी आप लोगों की तरह मेहनत करके इस मुकाम पर पहुंची हूँ | मैं चाहती हूँ कि आप में से कोई आगे आए और मेरा भी रिकॉर्ड ब्रेक करे तो मुझे खुशी होगी | मेरी शुभकामनाएं आप सबके साथ हैं |"

हमारी चैम्पियनशिप प्रतियोगिता तो एक सप्ताह में ही समाप्त हो गई | तत्पश्चात हमने तीन दिन मणिपुर घूमने का प्रोग्राम बनाया |

मणिपुर राज्य भारत के पड़ोसी देश-म्यांमार की सीमा से लगा हुआ भारत का एक उत्तर-पूर्वी राज्य है | मणिपुर की राजधानी इम्फाल है और मणिपुर को साउथ एशिया का प्रवेश द्वार भी माना जाता है | पंडित

जवाहरलाल नेहरू ने मणिपुर को “भारत का गहना “ नाम दिया था | मणिपुर ही वह स्थान है जहाँ से पोलो नामक खेल की शुरुआत हुई थी | मणिपुर के लोग पोलो को “सगोल कांजेई “ कहते हैं | भारत देश के सबसे खूबसूरात स्थानों में मणिपुर को भी गिना जाता है और यह सुंदर राज्य पर्यटकों को अपने यहाँ आने के लिए सदैव आमंत्रित करता है | मणिपुर का खाना, मणिपुर का पहनावा और मणिपुर के दर्शनीय स्थल यहाँ आने वाले पर्यटकों के दिलों को छू जाते हैं |

व्यापारिक दृष्टि से भी मणिपुर का एक अलग ही स्थान है | मणिपुर में सुंदर आभूषण बनाए जाते हैं जो कि अपनी हस्तकला का शानदार उदाहरण हैं | मणिपुर राज्य और मणिपुर के शहर पर्यटन की दृष्टि से बहुत ही आकर्षक हैं | यहाँ की शीतल जलवायु, हरे भरे लहलहाते घने वन और यहाँ की सुंदर झीलें इस पर्वतीय क्षेत्र की सुंदरता में चार चाँद लगा देते हैं |

मणिपुर राज्य से ही रासलीला की उत्पत्ति हुई है | मणिपुर के लोग नृत्य गायन में बहुत रुचि रखते हैं |मणिपुर को त्यौहारों की भूमि के नाम से जाना जाता है | मणिपुर में कई त्यौहार मनाए जाते हैं | मणिपुर के खास त्यौहारों में से कुछ प्रमुख त्यौहार इस प्रकार हैं – डोल यात्रा, रथ यात्रा, कूट, लाइ ,हारोबा, चुमफा तथा दशहरा आदि हैं | मणिपुर की वेशभूषा मणिपुर की संस्कृति को दर्शाती है | मणिपुर के लोग बहुत ही आकर्षक ड्रेस पहनते हैं जो कि बहुत ही साधारण पर आकर्षक होती है | मणिपुर में पुरुषों की पोशाक में मुख्य रूप से सफेद धोती ,कुर्ता और सफेद पगड़ी होती है | महिलायें एक विशेष प्रकार की ड्रेस पहनती हैं जिसे इंनाफी के नाम से जाना जाता है और यह एक शॉल की तरह होता है | जिसमे चारों तरफ आकर्षक रंग की बॉर्डर और बहुत ही सुंदर डिजाइन होती है | इसके अलावा एक फेनक और स्कर्ट भी महिलाओं की पोशाक में शामिल है |

मणिपुर के लोग बहुत ही धार्मिक प्रवृत्ति के होते हैं | मणिपुर में शास्त्रीय तथा लोक नृत्य सिर्फ भगवान के मंदिरों में ही किए जाते हैं | मणिपुर के लोग राधा-कृष्ण के प्रति अनन्य भक्ति रखते हैं | इसी वजह से मणिपुरी नृत्य भी राधा-कृष्ण को ही समर्पित होते हैं |

मणिपुर के प्रसिद्ध दर्शनीय स्थलों में से मणिपुर की राजधानी इम्फाल सबसे ज्यादा खास है | यह मणिपुर का सबसे बड़ा शहर है | यहाँ की हरी-भरी वादियों और आकर्षक प्राकृतिक वातावरण इस शहर की खूबसूरती में चार चाँद लगा देते हैं | इम्फाल में कई झीलें हैं जो देखने लायक हैं |

हम मणिपुर के पर्यटन स्थलों में शामिल थौबाल देखने गए | यह जगह इम्फाल से 25 किलोमीटर की दूरी पर है | यह एक ऐसी जगह है जहाँ पिकनिक का असली मजा आता है | यहाँ हमने ट्रेकिंग का आनंद लिया और लंबी पैदल यात्रा की | यह बहुत ही शानदार शहर है | यहाँ मंदिर और जल निकाय भी है | यहाँ एक प्रसिद्ध बाजार है जो बहुत ही आकर्षक और मनमोहक लगता है |

इम्फाल में हमने स्थानीय भोजन का स्वाद लिया | यहाँ स्थानीय भोजन में मुख्य रूप से चावल तथा मछली प्रसिद्ध है | मणिपुर के लोग मछली की करी जिसे नगा थोंगबा के नाम से जाना जाता है ,यह लोगों को बहुत अधिक पसंद है | शाकाहारी खाने के रूप में मणिपुर का प्रसिद्ध ऊटी खाना है | चामथोंग जो सब्जियों के साथ बनाया जाता है , मणिपुर का सबसे खास व्यंजन है | मणिपुर के लोग बिना तेल का पकाया हुआ खाना बहुत पसंद करते हैं | इसके साथ ही यहाँ चाइनीस खाना भी बहुत अच्छा मिलता है | मणिपुर घूमने के दौरान हमने यहाँ तरह-तरह के व्यंजनों का स्वाद लिया |

मणिपुर का टूर समाप्त कर हम वापस काशी पुर लौट आए |

****

मणिपुर से वापस आने के बाद हमारी नजदीकियाँ और बढ़ गई | दुर्योधन से मेरा परिचय हुए मात्र 10 महीने ही हुए थे | दुर्योधन बेरोजगार था पर उसने मुझे जीवन के रंगीन सपने दिखाए | उन सपनों में शामिल था बॉक्सिंग के जरिए नाम कमाना | मुझे लगा यही आदमी है जो मुझे बॉक्सिंग में करियर बनाने में मदद करेगा | मैं उसके सम्मोहन में घिर गई और मैंने उससे शादी करने का फैसला कर लिया |

मेरे घर वालों को पता चल चुका था कि मैं दुर्योधन से प्यार करती हूँ और उससे शादी करना चाहती हूँ | मां ने मेरा विरोध किया ,समझाने की

कोशिश की और कहा,

"दुर्गा, तू अपना जीवन बर्बाद करने जा रही है, उससे शादी मत कर | तू बॉक्सिंग खेल रही है तो उसमें ही ध्यान दे | दुर्योधन अभी बेरोजगार है , वो तेरे लायक नहीं है |"

"नहीं मां , हमने सोच समझ कर फैसला किया है | मैं बी पी एड करूंगी और जॉब करूंगी | दुर्योधन का कहना है कि वो मुझे पूरा सपोर्ट करेगा | उसके घर वाले भी सहमत हैं |"

"देख दुर्गा , अगर तू उससे शादी करेगी तो समझ लेना हमसे हमेशा के लिए संबंध खत्म हैं |"

"मां मैने फैसला ले लिया है अब पीछे नहीं हटूँगी |"

मेरे दोस्तों ने भी मुझे समझाया और कहा, "दुर्योधन तेरे लायक नहीं है , तू उससे शादी मत कर" पर मैंने उनकी बातें नहीं मानी | मेरी,बड़ी बहनें नीता और रीता ने भी समझाया पर मैंने उनकी एक न सुनी | न जाने क्यों दुर्योधन में मुझे अपना भविष्य दिख रहा था | मेरे सपने थे कि मैं बॉक्सिंग की नेशनल चैंपियन बनूँगी और इस लक्ष्य को हासिल करने में दुर्योधन मेरा साथ जरूर देगा |

जून 2010 में हमने दिल्ली के आर्य समाज मंदिर में शादी कर ली | शादी के बाद दुर्योधन मुझे ससुराल मेरठ ले गया | वहाँ धूम धाम से पार्टी का आयोजन किया गया | ढोल नगाड़े बजाए गए और शादी की रस्में सम्पन्न हुई |

मैं करीब दो साल मेरठ में ससुराल में रही | इस बीच वह जगह जगह गेम खेलने जाता था पर मुझे घर की चारदीवारी में कैद कर दिया था | उसके घर वालों को एक परंपरागत बहू चाहिए थी जो घर में रहकर गृहस्थी का काम संभाले, गाय-बैलों को चारा-भूसा डाले , गोबर उठाए , दूध लगाए | मैंने वो भी सीखा यह सोच कर कि ये काम सीख लेने में कभी जरूरत पड़ने पर काम आएंगे | पर फिर भी उसके माता-पिता का दिल नहीं जीत पाई |

वो जब भी घर आता तो मेरी शिकायत होती और वो सबके सामने मेरा अपमान करता था , मेरी पिटाई करता था | वह खेल के साथ साथ शराब पीने का भी आदी हो गया था | उसका स्वभाव था दोस्तों के साथ

मौज मस्ती करना | वह शादी जैसी जिम्मेदारी के लिए बना ही नहीं था | उसका पालन –पोषण बहुत ही दकियानूसी वातावरण में हुआ था | वह एक संस्कार विहीन व्यक्ति था जिसे महिलाओं की इज्जत करना सिखाया ही नहीं गया था | वास्तविकता यह थी कि वह नहीं चाहता था कि मैं उससे आगे जाऊँ , तरक्की करूँ और नाम कमाऊँ | वह चाहता था कि मैं घर की चारदीवारी में रहूं ताकि मुझे कोई देख न सके | मेरी सुंदरता से भी उसे डर था कि मैं कहीं और किसी से संबंध न बना लूँ | इसलिए वह मुझे जानबूझ कर अपमानित और प्रताड़ित करता था | वह मेरे स्वाभिमान को पूरी तरह कुचल देना चाहता था |अपने माता-पिता के सामने भी वह मुझे मारता था और वो देख कर भी अनदेखा कर देते थे | यदि कभी बात आई भी तो वो हमेशा उसका ही पक्ष लेते थे | उन्हे लगता था कि उनका होनहार बेटा कहीं नाराज न हो जाए |

वह सन 2012 में स्पोर्ट्स कोटा से सेना में भर्ती हो गया और प्रशिक्षण के लिए जबलपुर सिगनल रेजीमेंटल सेंटर चला गया | वह मुझे भी साथ ले गया | प्रशिक्षण के दौरान किसी भी रंगरूट को अपनी फेमिली के साथ रहने की सेना में इजाजत नहीं मिलती है और न ही उसे सरकारी मकान दिया जाता है | वह कैंप के अंदर रहता था और मुझे कैंप के बाहर सिविल एरिया में किराये के मकान में रखा था | मैं वहाँ दिन रात अकेली रहती थी | कहीं जा भी नहीं सकती थी | दुर्योधन कभी कभार 15 दिन में कुछ घंटों के लिए इजाजत लेकर आता था | वो जब भी आता था, अपने साथ दो चार साथी जरूर लेकर आता था | और फिर उनके साथ दौर शुरू होता था उसका शराब पीने का | मेरे लिए उसके पास समय ही नहीं होता था | मैं जब उससे कुछ कहती तो वो कहता था,

“मेरी मर्जी है तू कौन होती है रोकने वाली |”

“मैं तुम्हारी पत्नी हूँ , मेरा फर्ज बनता है तुम्हें समझाना |”

“तू मुझे मत समझा , मैं कोई बच्चा नहीं हूँ |”

“मेरे लिए तुम्हारे पास समय नहीं है और उन दोस्तों के लिए समय ही समय है | दो बोल नहीं बोल सकती तुमसे , तुम बस खाए, पिए और चल दिए |”

“हरामजादी , तू चुप रह नहीं तो तेरा मुंह तोड़ दूंगा |”

वह मेरे बाल पकड़ कर मारना शुरू कर देता | मैं रोती रहती और वो मुझे रोता हुआ छोड़ कर कैंप में चला जाता |

उसे इस बात का भी बहुत अहंकार था कि वह सेना में एक साधारण सिपाही की बजाय स्पोर्ट्स कोटा से सीधे हवलदार के पद पर भर्ती हो गया था | जबकि सेना में एक सिपाही को हवलदार बनने में आमतौर पर सात से दस साल लग जाते हैं | और इसके लिए कठिन प्रशिक्षण के कई स्टेज से गुजरना पड़ता है | कम समय में मिली तरक्की उसके सर चढ़ कर बोल रही थी | वह बहुत अहंकारी और उद्दंड हो गया था | विनम्रता तो उसे छू नहीं गई थी | बात बात पर मुझे मां-बहन की गालियां देना उसकी आदत में शामिल था |

सन 2013 के मई में वो स्पोर्ट्स प्रशिक्षण के लिए पूना चला गया | पूना से चार महीने बाद वापस आया तो अपने साथ एक दोस्त को फिर ले आया | उसका दोस्त हमारे घर में ही रुका | उस दोस्त के साथ वह दिन भर घूमता , रात में उसके साथ बैठ कर घर में दारू पीता | इस तरह उसने छुट्टी के 10 दिन यूं ही बिता दिए |

मैं गर्भवती हो चुकी थी | डिलेवरी होने में मात्र 10 दिन बाकी थे तभी वो मुझे अपने घर मेरठ ले गया | यहाँ उसका वही रवैया था | डिलेवरी हालत में ही मुझे मारता था |

सन 2013 के सितंबर में मेरठ के अस्पताल में मेरी बच्ची सीता पैदा हुई | मेरी देखभाल करने वाला कोई नहीं था | उसने मुझे मेरठ में किराये के मकान में ही रखा | माता-पिता के घर में उसकी आवारागर्दी पर अंकुस लगने का खतरा बना रहता था | मैं डिलेवरी के दर्द से उबर भी नहीं पाई थी कि वो 6 दिन बाद ही मुझे फिर जबलपुर वापस लेकर आ गया | और मुझे वहाँ अकेला छोड़ कर पूना चला गया |

सन 2015 तक वो पूना में ही रहा | वह बीच बीच में चार-पाँच महीनों के बाद छुट्टी आता था | उसे कैंप के अंदर क्वार्टर मिल गया था | वो जब भी आता ,किसी न किसी दोस्त को घर लेकर आता था और उसके साथ ही रहता था | बस छुट्टियों में उसका काम था आवारागर्दी करते हुए घूमना , रात में दारू पीकर घर देर से आना | मैं अकेले बैठे उसका इंतजार करती रहती थी | उसकी इस आदत से मैं परेशान हो चुकी थी |

एक दिन मैंने कहा,

"अगर तुमको यही सब करना है तो मुझे घर छोड़ दो |"

वह उठा और आग बबूला हो गया | मुझे बालों से पकड़ कर नीचे गिरा दिया और बेल्ट से पीटने लगा | टी वी को तोड़ दिया , मेरे नाक पर इतने जोर से मुक्का मारा कि खून बहने लगा, मेरे होंठ सूज गए और आँखें सूज गई | मुझे लगा ये आज मार ही डालेगा | मन में विचार आया खुद क्यों न मर जाऊँ | आखिर मैं कितना प्रतिरोध करती ? वो मुझसे ताकतवर था | मुझे मेरी बच्ची का ख्याल था वरना इतना अत्याचार न सहती ...

सोचा ,भेड़ाघाट जाकर बच्ची के साथ नर्मदा नदी में कूद कर आत्म हत्या कर लूँ | फिर सोचा आत्म हत्या करने से इस राक्षस को कोई फर्क नहीं पड़ेगा | मेरे अंदर का खिलाड़ी जाग उठा | खिलाड़ी की भावना होती है – उसे कई बार हार का सामना करना पड़ता है , फिर उठ कर मुकाबला करना पड़ता है, और आखरी दम तक लड़ना पड़ता है तभी जीत हासिल होती है | मुझे भी ऐसा ही करना होगा | मैं आत्महत्या नहीं करूंगी | मैं आत्मनिर्भर बनूँगी ....

मैंने उस घटना के बाद अपने आप को कमरे में कैद कर लिया | उससे बातें करना बंद कर दिया | उसने मुझसे कहा,

"अपने घर वालों से कहो कि तुम्हें जबलपुर आकर अपने घर ले जाएँ |"

मैंने मां से कहा,

"मां किसी को जबलपुर भेज दो , मुझे यहाँ से ले जाए |"

मेरी बातें सुनकर मां चिंतित हो गई | मेरे पास मेरा हाल जानने के लिए मेरी बहनों के फोन आने लगे | तब दुर्योधन ने कहा,

"कह दो कि मैं मजाक कर रहा था |"

मैंने कहा, "

"मां ये मजाक कर रहे थे |"

मां ने कहा,

"रात 12 बजे तुम फोन कर रही हो, ये कौन से मजाक का समय है ,जरूर तुम्हारे साथ कुछ गलत हो रहा है |"

मैं चुप हो गई | इस राक्षस से शादी करने का फैसला मेरा था | अब तो मुझे ही संघर्ष करना पड़ेगा | चाहे रोकर करूँ या हंस कर | मैं हालात से डर कर घर वापस जाना नहीं चाहती थी | बस एक ही उम्मीद लगाये बैठी थी कि शायद दुर्योधन अपनी आदत बदल ले पर वो नहीं बदला | वो मेरे धैर्य की परीक्षा ले रहा था और मैं अपने धैर्य की | इसी कश्मकश में जिंदगी को जिए जा रही थी |

मेरी बच्ची सीता भी एक साल की हो गई थी | तभी मैंने फैसला किया कि बेचलर इन फीजिकल एजुकेशन (BP Ed) में एडमीशन लूँगी और मैंने सन 2014 में बरकत उल्ला विश्वविद्यालय भोपाल में एडमीशन ले लिया और पढ़ाई में जुट गई | 2015 में मेरा बीपी एड पूरा हो गया और मैं अच्छे नंबरों से उत्तीर्ण हो गई |

मैंने स्पोर्ट्स टीचर के लिए **नालंदा पब्लिक स्कूलजबलपुर** में अप्लाई कर दिया और मेरा सलेक्सन हो गया | मैं दो साल की बच्ची सीता को लेकर रोज 26 किलोमीटर स्कूटर चलाकर स्कूल में जॉब करने जाती थी | एक दिन मेरा एक्सीडेंट भी हो गया मैं बाल बाल बची | मैंने परमात्मा को धन्यवाद दिया |

दुर्योधन जब छुट्टियों में जबलपुर आया तो एक दिन उसका फोन मेरे हाथ लग गया | मैंने जब फोन चेक किया तो पाया कि उसके संबंध मेरी एक दोस्त से हो गए थे जो बॉक्सिंग टीम की मेम्बर थी | उसके व्हाट्सअप चैट से स्पष्ट था कि वो उससे रिलेशन में था | मेरे लिए ये दूसरा शॉक था | मैंने जब उससे इस विषय में पूछा, तो वो मुझे मारने लगा |

वह भी मुझसे तंग आ चुका था | वो चाहता था कि वो मनमानी करता रहे और मैं कुछ न बोलूँ | वह मुझसे छुटकारा पाना चाहता था | उसने कहा,

“तुम उत्तराखंड अपने घर चली जाओ और वहाँ जाकर काम करो |”

मैं भी रोज रोज की प्रताड़ना से परेशान हो चुकी थी | कुछ ही महीनों बाद मुझे नालन्दा पब्लिक स्कूल से जॉब छोड़ना पड़ा |

****

सन 2015 आखरी में मैं जबलपुर छोड़कर अपने घर काशीपुर चली गई |मैंने फिर जॉब के लिए अप्लाई किया और मुझे **विजन वैली स्कूल काशीपुर** में स्पोर्ट्स टीचर की जॉब मिल गई | दुर्योधन जब भी छूटटी आता तो मुझे काशीपुर से मेरठ बुलाता | काशीपुर से मेरठ की दूरी 175 किलोमीटर है | मुझे चार-पाँच घंटे लग जाते थे |मुझे हर बार छुट्टी लेकर मेरठ जाना पड़ता था | पर वह कभी काशीपुर नहीं आता था |मैं शांति से जॉब नहीं कर पा रही थी | अंततः कुछ महीनों बाद ही मुझे यह दूसरा जॉब छोड़ना पड़ा | और मैं उसके कहने पर मेरठ ससुराल वापस आकर रहने लगी |

मैंने फिर दुर्योधन के मोबाइल पर कई लड़कियों के फ़ोटो और चैटिंग देखी | अपने सास ससुर से शिकायत की और कहा,

"आपके बेटे के और लड़कियों से संबंध हैं | उसे समझाइए |"

उन्होंने कहा

"हमने तुम्हारी बातें सुन ली है पर ये सच नहीं है | तुम हमारे बेटे पर झूठा इल्जाम लगा रही हो |"

मैंने बात बढ़ाना उचित नहीं समझा और उल्टा उनसे क्षमा मांग ली यह सोच कर कि शायद हमारे रिश्ते सुधर जाएँ |

****

सन 2017 में मैंने **Netaji Subhash National Institute of Sports (NSNIS) पटियाला** में डिप्लोमा इन स्पोर्ट्स कोचिंग करने के लिए एडमीशन ले लिया | मैंने अपनी बेटी सीता को काशीपुर में अपने माता-पिता की देखरेख में छोड़ा और पटियाला कोर्स करने चली गई |जब दुर्योधन छुट्टी आता तो मुझे पटियाला से मेरठ बुलाता | पटियाला से मेरठ की दूरी 290 किलोमीटर है और वन वे जर्नी में छै सात घंटे लग जाते थे | हॉस्टल से कोर्स के बीच में बार बार छुट्टी मिलना बहुत मुश्किल होता था | फिर भी मैं किसी तरह इजाजत लेकर आती थी | मुझे परेशान करने में उसे बहुत मजा आता था |

दुर्योधन ने मुझे मेरठ बुलाया |वह कुछ दिन पहले ही बॉक्सिंग टीम के साथ मणिपुर गया था | वहाँ से लौटा तो मैंने देखा उसके फोन पर मेरी दोस्त के साथ उसकी कई फ़ोटो थी | मैं उसके कहने पर उससे मेरठ

मिलने आई थी पर उसने कहा,

"मैं दोस्तों के साथ नैनीताल जा रहा हूँ |"

"मुझे तुमने मेरठ बुलाया अब दोस्तों के साथ नैनीताल जा रहे हो , तो फिर मुझे यहाँ क्यों बुलाया था ?"

वह अपनी महिला दोस्त को नैनीताल घुमाने ले जा रहा था |वह मेरा सवाल सुनते ही मुझे अपने माता-पिता के सामने मारने लगा | मैंने उसके माता-पिता से उसके नाजायज संबंधों के बारे में बताया पर वो सुनने को तैयार नहीं थे | उन्हे लगता था की यदि वो उसे कुछ कहेंगे तो उन्हे बेटे की कमाई मिलना बंद हो जाएगी | उसकी प्रताड़ना से तंग आकर मैंने कहा,

"इस बार जाऊँगी तो दुबारा वापस नहीं आऊँगी |"

उसको शक हो गया कि **NIS पटियाला** में मेरा किसी से संबंध हो गया है | मैं वहाँ अपने कोर्स के सभी छात्रों के साथ कैंटीन में ब्रेक टाइम पर चाय –नाश्ते के लिए जाती थी | हमारे कोर्स में उसके साथी भी थे |वो झूठी-सच्ची खबरें उसको देते थे जो उसे उपयुक्त लगती थी | वैसे भी शक्की इंसान का कोई इलाज नहीं है मुझे कहता था - तुम कैंटीन जाना छोड़ दो | मैंने कैंटीन जाना छोड़ दिया और उससे कहा,

"तुम अनावश्यक मुझ पर शक कर रहे हो, यदि मुझे किसी से रिलेशन बनाना होता तो मैं ज्यादातर समय जबलपुर में अकेले रहती थी , कभी भी बना सकती थी | पर मैंने ऐसा कभी नहीं सोचा | यह कोर्स भी तुम्हारी सहमति के बाद ही कर रही हूँ |"

वह रोज मुझसे फोन पर घंटों बातें करता | अक्सर पटियाला से मेरठ बुलाता , लड़ाई झगड़ा करता , कभी कहता कोर्स छोड़ दो , कभी कहता कोर्स कर लो | मैं उसके इस रवैये से परेशान हो चुकी थी | मेरी साथी लड़कियों को पता चल चुका था कि दुर्योधन और मेरे बीच संबंध ठीक नहीं हैं | यह बात मेरे कोच को भी पता चल चुकी थी | मैं घंटों रूम के बाहर जाकर उससे बातें करती |

मेरी मानसिक शांति खतम हो चुकी थी | क्लास में मेरी परफ़ोर्मेंस बहुत डाउन हो गई थी जबकि मैंने जब ज्वाइन किया था तो टॉपर थी | मुझे लगा अब ये कोर्स छोड़ना पड़ेगा | मेरे साथी और कोच सभी ने

समझाया कि मैं कोर्स जरूर पूरा करूँ |

एक दिन उसने फोन किया और कहा,

“दुर्गा, मैं तुमसे मिलने पटियाला आ रहा हूँ , तुम तैयार रहना , हम किसी होटल में आज रात रुकेंगे |”

“ठीक है |”

मैंने मां से यह बात बताई | उन्होंने कहा ,

“तुम उससे मत मिलना वह कुछ भी कर सकता है |”

मेरे रूम मेट को शक हो गया था कि जरूर कुछ गलत इरादे से दुर्योधन मिलने आ रहा है | मैंने अपने कोच से इजाजत लेकर उसके साथ चली गई | जाते वक्त पर्स रूम में ही छूट गया | मैंने सोचा मैं उसके साथ होटल में नहीं जाऊँगी सिर्फ हॉस्टल के गेट तक ही जाऊँगी | फोन मेरे पास था मैंने कोट के अंदर छिपा रखा था |

रात के 9 बज रहे थे |दुर्योधन अपने दो दोस्तों के साथ कार लेकर आया और मुझे कहा ,

“चलो नजदीक होटल में बैठ कर बातें करते हैं |”

मुझे कार की पीछे की सीट पर उसने जबरदस्ती बैठा लिया | एक तरह से उसने मुझे अगवा कर लिया |उसका एक दोस्त गाड़ी चला रहा था | दुर्योधन मेरे साथ पीछे बैठ गया और मेरे दूसरी ओर उसका एक दोस्त बैठ गया | मैं दोनों के बीच में बैठी थी | उसका दोस्त और वो शराब पी रखी थी | दोनों के मुंह से बुरी तरह बदबू आ रही थी |कार पटियाला शहर को पार कर हाइवे पर दौड़ने लगी पर वो होटल नहीं मिला जहाँ वो बैठ कर मुझसे बातें करना चाहता था | उसके इरादे तो कुछ और थे | दुर्योधन ने मुझे मारने का पूरा प्लान बना रखा था | वह सूनसान इलाके का इंतजार कर रहा था | रात के 10 बज रहे थी , मैं परेशान होकर इधर उधर देखने लगी यह सोच कर कि शायद कोई पुलिस वाला दिखाई दे तो मैं आवाज लगाऊं | उसने कहा

“दुर्गा, इधर उधर मत देख , तुझे आज मुझसे भगवान भी नहीं बचा सकता |”

मैं उससे बचने का उपाय सोचने लगी और कहा,

“मुझे टॉयलेट जाना है , गाड़ी रोको |”

कार एक सूनसान इलाके में रुकी तो मैं टॉयलेट के लिए गई पर वो मेरे पीछे पीछे आया , मैं किसी को फोन न कर सकी | मैं वापस आकार कर में बैठ गई फिर कार आगे बढ़ गई | कार आगे बढ़ती जा रही थी और किसी अनिष्ट की आशंका से मेरा दिल घबड़ाने लगा था | मैंने कहा मुझे उलटी आ रही है ,मेरे हाथ पाँव ठंडे हो रहे हैं , गाड़ी रोको और मेरे लिए तुरंत दवा लाओ | एक जगह मेडिकल स्टोर के नजदीक फिर गाड़ी रुकी |दुर्योधन दवा लेने चला गया और मैं टॉयलेट गई | टॉयलेट ऊपर था और वहाँ से मैंने अपने रूम मेट को फोन किया और कहा , "मुझे दुर्योधन से जान का खतरा है , जल्दी से किसी को भेजो मुझे बचा लो , मैं राजपुरा पेट्रोल पंप के पास हूँ | यह पंजाब का इलाका है जो पटियाला से 27 किलोमीटर की दूरी पर स्थित है |

मैं बिल्डिंग के ऊपर की सीढ़ियों से छलांग लगा कर पतली गली से जान बचा कर छुपते छुपाते भागी | वो मेरा पीछा कर रहे थे और मैं बेतहासा भाग रही थी | भागते भागते राजपुरा के एक शराब के बार में पहुँच गई | बदहवास हालत में मैं बार में घुस गई | वहाँ देखा कि बार में जगह जगह पर सिख सरदार बैठे हुए थे और शराब पी रहे थे | मैं सीधे बार मालिक के काउंटर में पहुँच गई और हाथ जोड़कर कहा,

"अंकल मेरी जान बचा लीजिए , मेरे पीछे तीन लोग पड़े हैं , वो मेरी जान लेना चाहते हैं |"

बार में काम करने वाले व शराब पीने वाले सभी मुझे देखकर इकट्ठे हो गए और किसी ने कहा ,

" पुत्तर तूँ चिंता न करीं , तैनू कुछ नी होवेगा ।"

बार में काम करने वाले ज्यादातर उत्तराखंड के लड़के थे |उन्होंने कहा 'दीदी आप चिंता न करो , आपको कुछ नहीं होने देंगे '|उनकी बातें सुनकर मेरी जान मे जान आई | मैं टेबल की आड़ में छुपी बैठी रही | मैंने मां को भी फोन पर सारी घटना बताई | वो सरदार लोग बड़े अच्छे इंसान थे | मुझे लगा अब मैं बच जाऊँगी | तभी किसी ने पुलिस को फोन कर दिया | पुलिस आई और दुर्योधन व उसके दोस्तों को पकड़ कर ले गई | तब तक पटियाला के हॉस्टल से पाँच लोग मेरी मदद के लिए पहुँच गए थे | मैं उनके साथ पटियाला हॉस्टल में सही सलामत पहुँच गई |

फेमिली के आपसी झगड़े का मामला समझ कर पुलिस ने दुर्योधन और उसके दोस्तों को रात में ही छोड़ दिया था और दुर्योधन फिर अपने दोस्तों के साथ एन आई एस हॉस्टल पटियाला के गेट पर आ धमका | वह अंदर घुसने की जिद कर रहा था पर मेरे कोच ने गार्ड को हिदायत दी थी कि उसे अंदर न घुसने दिया जाए | वह सुबह तक गेट पर हंगामा करता रहा पर उसे घुसने नहीं दिया गया और वो थक हार कर वापस मेरठ लौट गया |

****

पिछले दो सालों से मुझे दुर्योधन खर्च के लिए पैसे नहीं दे रहा था | कहता था तुम कमाती हो खुद खर्च चलाओ | जबकि उसकी वजह से मुझे हर बार अपना जॉब छोड़ना पड़ता था | बेटी सीता पाँच साल की हो गई थी और पढ़ने जा रही थी | उसका खर्च मेरे माता-पिता उठा रहे थे | किसी ने मुझे सलाह दिया कि मुझे आर्मी अथॉरिटी को दुर्योधन के खिलाफ शिकायत भेजनी चाहिए | मैंने आर्मी अथॉरिटी को शिकायात भेज दी और खर्चे के लिए भी लिखा |

जब शिकायत आर्मी में पहुंची तो दुर्योधन माफी मांगने लगा और कहने लगा कि मैं शिकायत वापस ले लूँ | साथ ही मुझ पर कोर्स बीच में छोड़ देने का दबाव डालने लगा | मैंने अप्रैल 2018 में कोर्स पूरा किया और कोर्स के बाद अपने मायके काशीपुर चली गई |

अब वह बहुत उग्र हो गया था | वह एक अपराधी माइंड का आदमी था | मुझे फोन से धमकियाँ देने लगा कि वो मुझे कभी भी गोली मार देगा और बच्ची को ले जाएगा | मैं डर के साये में जीने लगी | मैंने पुलिस महिला सेल काशीपुर में उसके खिलाफ शिकायत दर्ज कारवाई |

सितंबर 2018 में मैंने **दिल्ली पब्लिक स्कूल रुद्रपुर** में स्पोर्ट्स टीचर जॉब के लिए अप्लाई किया और मेरा सलेक्सन हो गया | यह मेरी तीसरी जॉब थी | मैं रुद्रपुर में अपनी मित्र के साथ रहने लगी | वो उत्तराखंड पुलिस में सब इंस्पेक्टर थी | मैंने बेटी सीता का एडमीशन भी रुद्रपुर में ही करा दिया | जिंदगी चलने लगी |

नवंबर 2018 में पुलिस शिकायत के आधार पर हमारी कॉउन्सलिंग की गई | मैंने उसके लिए करवा चौथ का व्रत भी रखा | इस उम्मीद के

साथ कि सब ठीक हो जाएगा | अब वह फिर मुझ पर जॉब छोड़ने का दबाव डालने लगा | मेरे घर वालों ने मुझे समझाया कि मैं जॉब न छोडूं और न ही उससे कोई संपर्क रखूं | दुर्योधन ने मेरठ की फेमिली अदालत में तलाक का मुकदमा फ़ाइल कर दिया था |

वह मुझे रोज फोन करता रहा और फिर से साथ रहने का दबाव बनाने लगा | मै फैसला नहीं कर पा रही थी कि मैं अपने घर वालों का कहना मानूँ या दुर्योधन का | कहीं न कहीं ऐसा लगता था कि मैंने अपने माता-पिता की इच्छा के विरुद्ध जाकर दुर्योधन से शादी की है तो मुझे ही बिगड़े रिश्ते को ठीक करना पड़ेगा | अगर हम दोनों के रिश्ते ठीक हो गए तो घर वालों को खुशी होगी | शायद यही मेरी दूसरी बड़ी भूल थी |

इसी बीच एक दिन आर्मी अथॉरिटी से फोन आया और मैंने जब फोन उठाया और पूछा,

"आप कौन बोल रहे हैं ?"

"मैं जनरल ऑफिसर कमांडिंग (जी ओ सी) बॉल रहा हूँ , दुर्योधन मेरे अंडर कमांड है | आप एक बार यहाँ जबलपुर आ जाइए | आपका मामला सुलझ जाएगा |"

"सर, क्या आप मेरी सुरक्षा की गारंटी लेते हैं ?"

"हाँ , आप आ जाइए आप को कुछ नहीं होगा ये हमारा वादा है |"

मैं उस ऑफिसर की बातों में आ गई | मेरी दोस्त ने भी मुझे समझाया कि मुझे एक मौका और लेना चाहिए | मुझे फिर दिल्ली पब्लिक स्कूल रुद्रपुर की नौकरी कुछ ही महीनों में छोड़नी पड़ी |

****

मैं अपने घर वालों की बातों की अनदेखी करते हुए फिर जबलपुर चली गई | जबलपुर जाने पर पता चला कि वो जी ओ सी और कोई नही बल्कि उसका ही दोस्त और पड़ोसी एक हवलदार था जो जी ओ सी बन कर मुझे फोन करता था | मैं फिर ठगी गई पर खून का घूंट पीकर रह गई | वहाँ जाने के बाद दुर्योधन ने मुझसे एक सपथ पत्र पर दस्तखत करवाया कि अगर मेरी जान को कुछ हो गया तो उसकी जिम्मेदार मैं खुद होऊँगी | दुर्योधन के उस जी ओ सी दोस्त का सरकारी मकान हमारे मकान के पास ही था | वह भी मेरठ का ही रहने वाला था | मेरा आना

जाना उसके घर में था | उसकी बहन से मेरी दोस्ती हो गई थी | मुझे उसकी बातों से पता चल गया कि यही वो दोस्त है जो जी ओ सी बनकर फोन करता था |

जी ओ सी एक लेफ़्टीनेन्ट जनरल रैंक का आर्मी ऑफिसर होता है जो कि किसी भी राज्य के पुलिस महानिदेशक के बराबर होता है | इतना बड़ा अधिकारी भला मुझे क्यों फोन करके जबलपुर आने को कहेगा | उसके नीचे तो सेना के हजारों अधिकारी होते हैं | मैं इतनी साधारण सी बात न समझ पाई और फिर दुर्योधन के चंगुल में फंस गई |

चंद महीनों के पश्चात दुर्योधन की पोस्टिंग जबलपुर से नगरोटा (जम्मू) हो गई | फिर मुझे वापस मेरठ ससुराल जाना पड़ा | बच्ची को भी मेरे मायके काशीपुर से मेरठ लाना पड़ा |मेरठ के स्कूल में उसका एडमीशन करवाया | इस बार वो मुझे ससुराल में अपने माता-पिता के पास नहीं रखा बल्कि एक किराये का मकान लेकर उसमें रहने लगा | और एक सप्ताह रुकने के बाद वो नगरोटा अपनी बटालियन में चला गया |

तीन महीने के बाद फिर वापस आया और साथ में एक दोस्त को भी लाया | वो दोस्त भी हमारे साथ ही रहा | वो उसके साथ ही बाहर घूमता-फिरता , रात को दारू पीता , जब मैं कुछ कहती तो मारने को उतारू हो जाता | उसके व्यवहार में रत्ती भर भी फर्क नहीं आया था | एक सप्ताह बाद वो आर्मी में कोर्स करने के लिए गोवा चला गया |

दो महीने बाद कोर्स से वापस लौटा और इस बार भी एक दोस्त को साथ लेकर घर आया | दोस्त फिर हमारे साथ ही रहा | बस उसका वही रवैया था | बच्ची को भी साथ ले जाता उसे किसी दोस्त के घर छोड़ देता और फिर निकल जाता पार्टी करने , रात देर से लौटता और मैं अकेले घर में उसका इंतजार करते बैठी रहती |

मैंने भी सोच लिया था शायद अब यही जिदगी है और ऐसे ही जीना पड़ेगा | इसी बीच छुट्टी में दुर्योधन तंजानिया विदेश चला गया और मुझसे झूठ बोला कि वो उत्तराखंड घूमने जा रहा है | उसने आर्मी अथॉरिटी से भी विदेश जाने के लिए कोई इजाजत नहीं ली थी | उसके दिमाग में क्या फितूर चलता था वो मुझसे कभी शेयर नहीं करता था |

हम दोनों को एक दूसरे पर कोई भरोसा नहीं था बस मैं रिश्ते को ढोए जा रही थी | इसके पीछे सिर्फ यही था कि इस राक्षस से शादी करने का फैसला मेरा था और मैं चाहती थी कि रिश्ते को अच्छी तरह निभाऊँ और घर वालों के सामने यह साबित कर सकूँ कि मेरा फैसला सही था |

तंजानिया में वो अंतर्राष्ट्रीय बॉक्सिंग प्रतियोगिता में भाग लेने के लिए गया और वो वहाँ से जीत कर कर आया | उसने अपने दोस्तों और घर वालों को सूचना दी पर मुझे कोई जानकारी नहीं दी | उसके घर वाले और दोस्त सभी मेरठ रेलवे स्टेशन पर ढोल नगाड़े लेकर उसका स्वागत करने के लिए पहुँच गए | जब वो कार्यक्रम शुरू हो गया तब मुझे सूचना दी गई | उस दिन भी संयोगवश करवा चौथ का व्रत था | मैं उसका घर में इंतजार करती रही पर वो नही आया और दोस्तों के साथ जीत का जश्न मनाता रहा और शराब पीकर नाचता रहा |

दूसरे दिन मेरा फिर उससे झगड़ा हुआ | मैंने कहा ,

“मुझसे झूठ बोल कर मुझे जबलपुर बुलाया, मेरी जॉब छुड़वा दी , तंजानिया चले गए तब भी मुझसे छुपाया ऐसा क्यों ?”

उसके पास मेरे सवालों का कोई जवाब नहीं था | वह अंदर तक कमीना था | उसे अपनी गलतियों का कोई पछतावा नहीं था |उसकी छुट्टी खत्म हो गई और वो सितंबर 2019 में नगरोटा अपनी बटालियन में चला गया |

****

अक्टूबर 2019 में मैंने फिर जॉब के लिए अप्लाई कर दिया | इस बार मेरा चयन उत्तर प्रदेश राज्य के **सरकारी स्कूल बुलंद शहर में बॉक्सिंग कोच** के रूप में हो गया | मेरे पास खर्चे की बहुत तंगी थी | तनख्वाह मिलने में देरी थी | दुर्योधन भी खर्च के लिए पैसे नहीं दे रहा था | इसी बीच मुझे उत्तर प्रदेश राज्य बॉक्सिंग फेडरेशन ने सीनियर कोच बना कर झांसी कैंप भेजा | वहाँ से लड़कियों को लेकर मुझे केरल जाना था | खर्चे के लिए पैसे मुझे अपने मित्रों से उधार लेने पड़े | उसकी कमीनगी इतनी थी कि वो उल्टा मुझसे पैसे मांग रहा था जबकि सेना की सर्विस में था | उसे हर महीने अच्छी खासी तनख्वाह मिलती थी पर न जाने किसे देता था | मेरी तो अस्थाई सर्विस थी | मैंने फिर भी उधार लेकर उसे पैसे दिए

|

मैं झांसी कैंप में लड़कियों को बॉक्सिंग का अभ्यास कराने लगी |टीम को मैं तिरुअनंतपुरम (केरल) ले गई , और बेटी सीता को भी साथ ले गई | टीम ने वहाँ अच्छा प्रदर्शन किया और हमने रनर्स अप ट्रॉफी जीतकर आए | केरल से वापस आने के बाद मैं बुलंदशहर चली गई और बेटी सीता को फिर मेरठ उसके दादा -दादी के पास छोड़ा |

इसी बीच वह नगरोटा से मेरठ अपने घर छुट्टी आया पर मुझे इसकी कोई सूचना नहीं दी |छुट्टी बिताकर वापस चला गया |

जनवरी 2020 में 'खेलों इंडिया ' का आयोजन गुवाहाटी में हो रहा था | मैं उत्तर प्रदेश के बॉक्सिंग टीम को लेकर गुवाहाटी गई | मैंने दुर्योधन को बताया पर उसे कोई खुशी नहीं हुई | उसे तो मेरी तरक्की देखकर जलन हो रही थी हमारे रिश्ते अब औपचारिक रह गए थे |

****

दुर्योधन तो मुझे खर्चे न देने की कसम खा ली थी | मैंने दुर्योधन की बटालियन के कमांडिंग ऑफिसर को फोन किया और सारी बातें बताई | उनसे अनुरोध किया कि मेरी बच्ची के खर्चे के लिए पैसे भिजवाएं | उन्होंने दुर्योधन को कहा तो वह दबाव में आकार 3500 रुपए भेज दिया | उसके बाद कमांडिंग ऑफिसर ने भी फोन उठाना बंद कर दिया | एक बार फोन उठाया और कहा,

"आप यहाँ आ जाइए, आप दोनों साथ रहेंगे तो समस्या खत्म हो जाएगी |"

मैने पूछा ,"सर, क्या आप मेरी सुरक्षा की गारंटी ले सकते हैं ?"

"नहीं, आप के पति से आपकी सुरक्षा की गारंटी हम नही ले सकते |"

मैंने सोचा अब बेटी सीता को उसके दादा-दादी के पास मेरठ में रखना बेकार है | मैं बुलंदशहर से मेरठ गई | उस वक्त उसके दादा-दादी जम्मू घूमने गए थे और बेटी को उसके ताऊ के यहाँ छोड़ गए थे | गनीमत है उस दिन उसका ताऊ भी घर में नहीं था | सिर्फ ताई थी उसने कोई विरोध नहीं किया और मैं अपना सामान और बेटी सीता को लेकर एक घंटे के अंदर ही वापस बुलंदशहर अपनी ड्यूटी पर आ गई |

मुकद्दर मेरा साथ नहीं दे रहा था | मार्च 2020 में पूरे भारत देश में कोरोना वाइरस (COVID 19) फैलने की वजह से लॉक डाउन घोषित कर दिया गया | स्कूल बंद हो गया और मेरी नौकरी छूट गई | मैं बेटी सीता को लेकर वापस काशीपुर अपने मायके आ गई | मैं डिप्रेशन में चली गई थी |

****

खर्चे की बहुत तंगी थी | तभी मेरी एक दोस्त ने मेरी मदद की और मेरी बेटी का एडमीशन फिर से काशीपुर के स्कूल में करा दिया और उसकी ऑन लाइन पढ़ाई शुरू हो गई |

मैंने दुर्योधन से तलाक लेने के लिए व भरण –पोषण खर्चे के लिए मुकदमा फ़ाइल कर दिया | साथ ही जुलाई 2020 में दुर्योधन के खिलाफ घरेलू हिंसा का केस दर्ज करवा दिया | उसे कॉउन्सलिंग के लिए जुलाई 2020 से नवंबर 2020 तक कई बार बुलाया गया पर वो नहीं आया और न ही उसने भरण पोषण के मामले में अदालत में हाजिर हुआ | आर्मी अथॉरिटी को भी सेना के कानून के तहत भरण-पोषण खर्चे के लिए लिखा पर सन 2018 से लेकर सन 2021 तक कोई कार्यवाई नहीं हुई | बस अदालत का चक्कर काटना जारी रहा |

मैं जिदगी से निराश हो गई थी | मेरी मां, मेरे दोस्त,मेरा मुँहबोला भाई विक्की सभी ने मुझे समझाया कि जिदगी जीने के लिए है | मुझे निराश नहीं होना चाहिए | मुझे एक फ्रेंड ने जिंदगी के बारे में कुछ प्रेरक विचार भेजे | लिखा था :

हकीकत जिंदगी की ठीक से जब जान जाओगे
खुशी में रो पड़ोगे और गमों में मुस्कुराओगे |

बात सच है | जिंदगी की हकीकत मेरे सामने है पर हार मानना मेरी फितरत नहीं है | मैं फिर उठ खड़ी हुई | उत्तराखंड राज्य में स्पोर्ट्स टीचर की वेकेंसी निकली और मैंने अप्लाई कर दिया | **एकलव्य मॉडल स्कूलबाजपुर** में मेरी जॉब लग गई | मेरी जिंदगी की गाड़ी फिर चल निकली |

मेरी 35 वर्षों की जिंदगी तकरीबन संघर्ष में बीती परंतु बहुत कुछ सीखने को मिला – किस तरह एक औरत को अपनी आकांक्षाओं को पूरा

करने के लिए जद्दोजहद करनी पड़ती है ,किस तरह पुरुष समाज में स्त्री को अपनी पहचान बनानी पड़ती है ,किस तरह दुनिया के सामने एक औरत को अपने आप को साबित करना पड़ता है , वो सब सीखा , बहुत उतार चढ़ाव देखे , कुछ अच्छे लोग मिले तो कुछ बुरे लोग भी |

मेरे कुछ सीमित मित्र हैं वो बहुत ही मददगार और सहयोग देने वाले हैं , मेरी हर परेशानी को समझते हैं | बस मेरे एक गलत कदम ने मेरी लाईफ को हिला कर रख दिया, मैं एक गलत इंसान से शादी कर बैठी, जिसका खामियाजा मुझे भुगतना पड़ा | यह कदम मैंने बहुत सोच समझ कर उठाया था , क्या करती जब अपना जीवन साथी ही धोखा देने पर उतारू हो जाए | वह कोई और नहीं बल्कि मेरा पति था, जिसके लिए मैंने अपना सर्वस्व त्याग दिया , अपनी पहचान खो दी और गुमनामी के अँधेरे में चली गई |

क्या शादी करना मेरी भूल थी ? शादी करना भूल नहीं बल्कि व्यक्तिगत जरूरतों के लिए समाज के नियमों के अधीन स्वीकार की गई एक जिम्मेदारी थी | वो जिम्मेदारी निभाने की मैंने भरपूर कोशिश की पर सफल न हो सकी क्योंकि यह एक ऐसी जिम्मेदारी है जो पति पत्नी दोनों को समान रूप से उठानी पड़ती है |

किसी ने सही कहा है – "शादी एक जुआ है"| यह बात मान सकते हैं क्योंकि हमें आगे का कुछ भी पता नहीं होता | हो सकता है हमारे तरक्की के सारे रास्ते खुल जाएँ | इसके विपरीत भी हो सकता है कि शादी हमारे रास्ते का कांटा बन जाए| यदि ऐसा है तो संघर्ष होगा | संघर्ष ही जीवन का सफलतम सत्य है | जिसने इस सत्य को समझ लिया उसे आसमान छूने से कोई नहीं रोक सकता | कहते हैं हौसलों की उड़ान है |

शादी के बाद मेरी जिंदगी में सब कुछ मेरी इच्छा के विरुद्ध हुआ जहाँ संघर्ष ही संघर्ष था | मैंने संघर्ष के इस सत्य को समझ लिया है | परमात्मा का मैं शुक्रिया अदा करना चाहूँगी कि जब मैं जीवन से पूरी तरह निराश हो चुकी थी, संघर्ष करते करते थक चुकी थी और जीवन का अंत करने वाली थी उस वक्त उसने मुझे हौसला दिया ,ताकत दी ,एक उम्मीद दी अच्छा जीवन जीने की जो हर एक औरत का सपना होता है......... किसी ने बहुत सही कहा है

मुश्किल कुछ नहीं है दुनिया में ,तू जरा हिम्मत तो कर |
ख्वाब बदलेंगे हकीकत में ,तू जरा कोशिश तो कर |
आंधियाँ सदा चलती नहीं,मुश्किलें सदा रहती नहीं |
मिलेगी तुझे मंजिल तेरी, तू जरा कोशिश तो कर |

एक सुकून भरी जिंदगी की ललक है .... एक ऐसे दोस्त की तलाश है जिससे अपने दिल की बात प्यार से कह सकूँ .... जिस पर भरोसा हो ....जिसके कंधे पर सर रख कर रो सकूँ ....जिसके अंदर जीवन जीने-मरने का जज्बा हो ....जो खुशी में रो पड़े और गम में मुस्कुराये ....तलाश जारी है एक सच्चे जीवन साथी की .... मेरा संघर्ष अभी बाकी है ....

4

दुर्जन का अत्याचार

देवी जब पैदा हुई तो उसकी सुंदरता देख कर उसके माता-पिता ने उसका नाम श्रीदेवी रखा | प्यार से उसे सब देवी कहते थे | पाँच भाई बहनों में वह दूसरे नंबर पर थी | अपने माता-पिता के अलावा चाचा-चाची और दादी का उसे खूब प्यार मिला | उसके पिता वन विभाग में फारेस्टर थे ,पर थे एक नंबर के ईमानदार | वह अपनी ईमानदारी की वजह से एक जगह पर साल दो साल से ज्यादा नहीं टिकते थे | कई बार तो छै महीनों में ही उन्हे दूसरी जगह पोस्टिंग कर दिया जाता था | ऐसी हालत में बच्चों को अपने साथ रखना बहुत मुश्किल था | वह अक्सर घर से दूर ही रहते थे | देवी ने हायर सेकंड्री तक शिक्षा गाँव के स्कूल में ही पाई थी | कॉलेज गाँव से काफी दूर था | लड़कियों को गाँव से शहर में पढ़ने कोई नहीं भेजना चाहता था | देवी को भी शहर पढ़ने नहीं भेजा गया और वह कॉलेज की शिक्षा नहीं ले पाई |

घर के काम में वह कुशल हो चुकी थी , व्यवहार कुशल थी , अच्छी वक्ता थी और लोगों को सहयोग देने में तत्पर रहती थी | सभी उसको प्यार करते थे और वह अपने जीवन से बहुत खुश थी |

इन सबके बावजूद भी एक जवान लड़की को कौन घर में बैठा कर रखता | मां-बाप से ज्यादा तो पड़ोसियों और रिश्तेदारों को उसकी शादी की चिंता सता रही थी |

अब एक ही उपाय था दहेज में अच्छी खासी रकम देकर एक होनहार लड़का ढूंढा जाए और देवी की शादी कर दी जाए | देवी के माता-पिता भी यही चाहते थे की वे देवी की जल्दी शादी कर दें और अपनी जिम्मेदारी से मुक्त हो जाएँ |

देवी के भाग्य में तो दुर्भाग्य लिखा था | उसके पिता के पास दहेज में देने के लिए मोटी रकम नहीं थी | वह यही चाहते थे की जो कम से कम दहेज लेगा उससे ही देवी की शादी हो जाएगी |

देवी के भी सपने थे अपने भावी जीवन के | यह सपना हर लड़की देखती है | बचपन से ही देखने लग जाती है | यदि वो न भी देखे फिर भी उसके दिलों-दिमाग में यह डाल दिया जाता है की उसे पराये घर जाना है | उसे वह रंगीन सपना दिखाया जाता है ताकि वह उन सपनों को पूरा करने के लिए अपना सब कुछ कुर्बान कर सके | पति चाहे सज्जन हो दुर्जन या जैसा भी हो उसे जीवन भर साथ निभाने की शिक्षा भी दी जाती है | वह सारे कष्ट सह कर भी मुंह नहीं खोलती | इसे ही उसकी मर्यादा समझा जाता है | देवी के साथ भी ऐसा ही हो रहा था |

बचपन में जब उसकी दादी पूछती ,

“देवी, तुम्हारी शादी कहाँ होगी ?”

“शहर में डबल मंजिल का पक्का घर होगा, उसमें बिजली लगी होगी , पंखे लगे होंगे , अटारी में बैठ कर मैं बाहर देखूँगी , कोई भी घर में आएगा तो मुझे पहले पता चल जाएगा |”

“बेटा ,वो तो सब ठीक है , पर तुम्हारा दूल्हा कैसा होगा ?”

“ ऊंचा-पूरा, गोरा रंग जो घोड़े में बैठ कर आएगा |”

“करता क्या होगा ?”

“शहर में नौकरी जिसमें खूब पैसे मिलते हों , मुझे घुमाने ले जाए, मेरे लिए अच्छे अच्छे कपड़े और खिलौने ले कर आए |”

“क्या तुम बड़ी होकर भी खिलौने खेलोगी ?”

“हाँ, मैं अपने खिलौने किसी को नहीं दूँगी |”

दादी अपनी पोती की बातें सुनकर बहुत खुश होती |

देवी अब जवान हो गई थी | गाँव की जो औरतें उसे देखतीं तो जरूर कहती ,

"देवी की अम्मा , देवी अब शादी लायक हो गई है , इसकी शादी कर दो |"

देवी के पिता को भी उसकी शादी की चिंता थी पर दहेज में देने के लिए उनके पास लाखों रुपये नहीं थे | जहाँ भी जाते दहेज की मांग सुनकर वापस लौट आते | इसी तलाश में देवी की उम्र 21 वर्ष हो गई |

गाँव के पंडित जी फैक्ट्री में काम करते थे | उनके जरिए पता चला की एक लड़का जबलपुर का है जो उसी फैक्ट्री में पंडितजी के साथ फिटर का काम करता है | पंडित जी ने बात चलाई और उस लड़के को ही घर लेकर आ गए | लड़का जब आया तो देवी से मुलाकात कारवाई गई | देवी के सपनों का राजकुमार वैसा तो नहीं था जैसा सपना उसने बचपन में देखा था | पर देवी करती भी क्या ? यदि उसे नापसंद करती तो घर वालों के ताने सहने पड़ते | दहेज में देने के लिए कुछ भी नहीं था | ऐसी हालत में भावी पति को स्वीकार करने के अलावा कोई दूसरा उपाय भी नहीं था |

देवी ने लड़के से पूछा,

"क्या आप मुझे पसंद करते हैं ?"

लड़के ने कहा ,

"हाँ , तुम मुझे पसंद हो , पर मेरे ऊपर घर की बहुत जिम्मेदारी है | मैं एक साल बाद ही तुमसे शादी कर पाऊँगा |"

"ठीक है ,मैं इंतजार करूंगी |"

देवी नहीं चाहती थी की लड़का हाथ से जाए वरना उसके पिता को फिर एक होनहार लड़के की तलाश करनी पड़ेगी |, लड़का आठवीं तक पढ़ा था, आई टी आई किया था और फैक्ट्री में काम कर रहा था |इसके अलावा गाँव की एक सीधी-सादी लड़की को और क्या चाहिए | छोटे –छोटे सपने इतनी आसानी से पूरे हो रहे थे |

दोनों ने आपस में एक दूसरे के पते लिए और फिर प्रेम पत्रों का आदान-प्रदान जारी हो गया

****

दुर्जन का बचपन घोर गरीबी में बीता | उसके पिता डाक विभाग में पोस्टमेन का काम करते थे और जबलपुर के गढ़ा इलाके में निम्न वर्ग के

मोहल्ले में रहते थे | उसका पालन पोषण एक ऐसे मोहल्ले में हुआ जहाँ, उठाई गिरी करने वाले, चोरी करने वाले, मजदूरी करने वाले, नशा करने वाले ,और जुआ खेलने वाले रहते थे | सात भाई –बहनों का परिवार था | पिता की मामूली इनकम से सब को अच्छी शिक्षा देना संभव नहीं था | फिर भी पिता ने उसे फिटर की ट्रेनिंग आई टी आई से दिलवाई थी |

बचपन की गरीबी और अभाव ने उसके दिलों दिमाग में घोर असंतोष पैदा कर दिया था | देखने में भी वह आकर्षक नहीं था | उसका रंग सांवला , चेहरा लंबा, भौहें लंबी और तनी हुई , कद सामान्य था | वहीं उसके विपरीत उसकी पत्नी देवी देखने में सुंदर, रंग गोरा, कद लंबा, छरहरा बदन और चेहरा गोल था | वह श्रीदेवी से कम नहीं दिखती थी |

देवी की खूबसूरती ही उसके लिए अभिशाप साबित हुई | दुर्जन के बड़े भाई की भी शादी नहीं हुई थी | वह भी लड़की तलाश रहा था | जब उसने देवी को देखा तो उसे भी देवी पसंद आ गई | दोनों भाई देवी से शादी करना चाहते थे | पर विजय मिली दुर्जन को क्योंकि वो देवी को पहले ही पसंद कर चुका था और देवी व उसके बीच प्रेम पत्रों का आदान-प्रदान जारी हो चुका था | इस बात को लेकर भी दोनों भाइयों में अनबन थी | हालांकि खुलकर वो सामने नहीं आए |

एक साल बाद दोनों की शादी हो गई | शादी के बाद देवी अपने पति के साथ फैक्ट्री के मकान में रहने लगी |

****

नई नई शादी थी | वैवाहिक जीवन उमंगों से भरा हुआ था | देवी और उसके पति ने शादी के बाद नर्मदा नदी के उद्‌गम स्थल अमरकंटक घूमने का इरादा बनाया | दोनों निकल पड़े अमरकंटक की सैर करने |

अमरकंटक मध्य प्रदेश में विंध्य और सतपुड़ा पर्वत शृंखलाओं के बीच स्थित है | अमरकंटक भारत के प्रमुख तीर्थस्थलों में से एक है, जिसकी वजह से इसे “तीर्थराज” (तीर्थों का राजा) के रूप में भी जाना जाता है | यह भारत की सबसे पवित्र नदियों में से एक नर्मदा का उद्‌गम स्थल है, जो अमरकंटक धाम की यात्रा को बेहद खास और पवित्र बनाता है और हर साल हजारों तीर्थ यात्रियों और टूरिस्टों को अपनी ओर आकर्षित करता है | नर्मदा का उद्‌गम स्थल होने के साथ साथ

अमरकंटक सोन और जोहिला नदियों के उद्गम स्थल के रूप में भी जाना जाता है |

अमरकंटक समुद्र सतह से 1065 मीटर की ऊंचाई पर स्थित मध्यप्रदेश का एक खूबसूरत हिल स्टेशन है, जो अपने कुछ अति सुंदर मंदिरों के लिए प्रसिद्ध है | अमरकंटक के घने जंगलों में औषधीय गुणों से भरपूर पौधे हैं, जो इसे पारिस्थितिक रूप से महत्वपूर्ण बनाते हैं |

अमरकंटक पर 1800 के दशक में नागपूर के राजा का शासन था जो बाद में ब्रिटिश शासन के हाथों में चला गया था | जबकि यह पवित्र धाम धार्मिक महाकाव्य महाभारत से भी महत्वपूर्ण संबंध रखता है | माना जाता है कि पांडवों ने अपने निर्वासन का एक महत्वपूर्ण हिस्सा यहाँ बिताया था |

नर्मदा कुंड अमरकंटक यात्रा का सबसे महत्वपूर्ण तीर्थ स्थल है, जिसे नर्मदा नदी की उत्पत्ति का संकेत देने के लिए बनाया गया है | प्राचीन शहर अमरकंटक के कैंद्र में स्थित नर्मदा कुंड नर्मदा नदी का उद्गम स्थल है, जो 16 प्राचीन मंदिरों जैसे नर्मदा मंदिर, भगवान शिव मंदिर, अन्नपूर्णा मंदिर, गुरु गोरखनाथ मंदिर, श्री राम जानकी मंदिर और श्री राधा कृष्ण मंदिर से घिरा हुआ है |

कपिल धारा अमरकंटक यात्रा में घूमने के लिए सबसे अच्छी जगहों में से एक है | नर्मदाकुंड मंदिरों के उत्तर-पश्चिम की ओर सिर्फ 6 किमी दूर स्थित कपिल धारा को नर्मदा नदी का पहला झरना माना जाता है | यह झरना 100 फुट की ऊंचाई से गिरता है और हरे भरे वातावरण से घिरा हुआ है जो अपनी खूबसूरती से पर्यटकों का मन मोह लेता है | इस झरने का नाम कपिल मुनि के नाम पर पड़ा है, जिनके बारे में माना जाता है कि उन्होंने इस स्थान पर ध्यान लगाया था |

अमरकंटक में एक पहाड़ी की चोटी पर स्थित **त्रिमुखी मंदिर** भारत के सबसे पुराने मंदिरों में से है | त्रिमुखी मंदिर का निर्माण कलचूरियों के शासनकाल में राजा करणदेव महाचन्द्र द्वारा किया गया था,

इसीलिए इस मंदिर को 'कर्ण मंदिर' के नाम से भी जाना जाता है | भगवान शिव को समर्पित त्रिमुखी मंदिर अमरकंटक के प्रमुख तीर्थ स्थलों में से एक है |

सोनाक्षी शक्तिपीठ मंदिर अमरकंटक के प्रसिद्ध मंदिर में से एक है जिसका निर्माण देवी सोनाक्षी के सम्मान में किया गया था | सोनाक्षी शक्तिपीठ मंदिर प्रतिदिन आने वाले हजारों पर्यटकों और श्रद्धालुओं की मेजबानी करता है | सोनाक्षी शक्तिपीठ मंदिर के आसपास के सुंदर परिदृश्य भी पर्यटकों के आकर्षण का केंद्र है |

दूध धारा झरना अमरकंटक के साथ साथ भारत के सबसे खूबसूरत झरनों में से एक है | दूध धारा झरना नर्मदा नदी के रास्ते में पड़ने वाला दूसरा झरना है | दूधिया रंग की धारा की वजह से इसका नाम दूध धारा पड़ा |

नर्मदाकुंड से लगभग 5 किमी की दूरी पर स्थित **माई की बगिया** देवी नर्मदा को समर्पित पेड़ों का एक प्राकृतिक समूह है जो आसपास के जंगलों से मिलता जुलता है | माई की बगिया प्राकृतिक सुंदरता से भरपूर एक शांत जगह है जहाँ अक्सर पर्यटक और तीर्थ यात्री शांति की तलाश में आते हैं | इस उद्यान में आम के पेड़, केले के पेड़, और अन्य फलों के पेड़ों के साथ साथ गुलबकावली, गुलाब और अन्य फूलों के पौधे हैं, जो इस उद्यान की सुंदरता में चार चाँद लगाते हैं। माई की बगिया पर्यटकों के साथ साथ नियमित रूप से तीर्थयात्रियों को आकर्षित करती है जो नर्मदा नदी की परिक्रमा लगाते हैं | यहाँ बंदर बहुत हैं जो झुंड में रहते हैं और पर्यटकों के लिए मस्ती और परेशानी का कारण बनते हैं |

अमरकंटक शहर से 10 किमी दूर और नर्मदा मंदिर के उत्तर-पूर्व की ओर स्थित **जलेश्वर महादेव मंदिर** अमरकंटक के प्रमुख मंदिरों में से एक है | यह मंदिर भगवान शिव को समर्पित है, और मंदिर में एक काले पत्थर से बना भगवान शिव का लिंग है जिसे जलेश्वर महादेव के नाम से जाना जाता है |

सोनमूडा सोन नदी की उत्पत्ति का स्थान है जो नर्मदा कुंड से 1.5 किमी दूर स्थित है | इस शानदार जगह से सोन नदी, नीचे गिरती है और यहाँ से नदी की धारा का मैकल पर्वत से सैकड़ों फुट नीचे गिरने का मनोरम प्राकृतिक दृश्य देखने लायक होता है |

उन दोनों की अमरकंटक की दो दिन की यात्रा बड़ी आनंददायक रही और वो वापस कटनी लौट गए |

****

शादी के एक वर्ष बाद देवी ने एक बच्ची को जन्म दिया | दुर्जन को उम्मीद थी कि लड़का होगा पर हुआ ठीक इसके विपरीत | वह बेटी बिलकुल नहीं चाहता था | जब दुर्जन की मां को पता चला तो वह भी नाक भौं सिकोड़ने लगी और कहने लगी ,

" खाने को तो पेट भर है नहीं ,करमजली लड़की पैदा की है | अब दहेज कहाँ से आएगा |"

दुर्जन की मां को लगा कि बच्ची पैदा करने की असली गुनहगार देवी है उसका बेटा दुर्जन नहीं | प्रसव के बाद देवी की देखभाल ठीक से नहीं की गई | देवी की सास उसे सूखे मेवे के लड्डू खिलाने की बजाए अजवाइन खिलाती थी और कहती थी,

"ले खा ले इससे मजबूती आएगी |"

पति तो पहले ही खफा था | देवी को भी एहसास हो गया था कि उसकी बच्ची को देखकर कोई भी खुश नहीं है | पर वो तो मां थी | उसे तो अपने बच्ची को संभालना था | लड़का हो या लड़की , उसके पैदा होने में उसका क्या दोष था ? उसने पति को समझाने की कोशिश की पर दुर्जन के दिमाग में तो दुर्भावना का जहर भरा था |

शादी के एक साल बाद ही दुर्जन के पिता की असमय मृत्यु हो गई | घर में कमाने वाले दुर्जन और अर्जुन दोनों भाई थे | अर्जुन एक प्राइमरी स्कूल में शिक्षक था और दुर्जन एक फैक्ट्री में फिटर | घर में कुल आठ सदस्य थे | घर का खर्च चलाना बहुत मुश्किल था |

ऐसी हालत में देवी ने दुर्जन से कहा,

"राजा, अगर सब साथ रहें तो घर का खर्च मैनेज हो सकता है | तुम जबलपुर की पोस्टिंग लेने की कोशिश करो |"

दुर्जन भी मान गया | दुर्जन ने प्रयास किया और उसकी पोस्टिंग कटनी से जबलपुर हो गई | जबलपुर आने के बाद देवी ने घर का मैनेजमेंट संभाल लिया | पति की कम आय के बावजूद वह घर का खर्च चलाने की कोशिश करने लगी और साथ ही घर के अन्य सदस्यों की फिजूलखर्ची पर लगाम लगाने लगी |यह बात दुर्जन के भाई-बहनों को खटकने लगी |

घर का खर्च चलाने में अर्जुन का कोई सहयोग नहीं मिलता था | वह चाहता था कि घर का खर्च देवी ही चलाए | किसी तरह देवी ने एक साल परिवार का खर्च चलाया | इसी बीच ससुर के फंड और बीमा के पैसे सास को मिल गए | ससुर की जगह एक देवर को डाकिए की नौकरी भी मिल गई | अब देवी के सहयोग को उनको कोई जरूरत नहीं थी | देवी की सास और देवरों को लगा कि कहीं देवी उन पैसों की मांग न करने लगे, अतः सब मिलकर उसे परेशान करने लगे , देवी और देवी के पति दुर्जन से आए दिन झगड़ा करने लगे ताकि वो परेशान होकर देवी को लेकर उनसे दूर चला जाए | वैसे भी उनके मुशीबत के दिन निकल चुके थे | अब उन्हे रोकने-टोकने वाला कोई नहीं चाहिए था | देवी उनके लिए रास्ते का कांटा थी |

सब ने मिलकर देवी और देवी के पति से खूब झगड़ा किया |उन्हे मारा पीटा और घर से बाहर निकाल दिया | देवी पड़ोस के ही तिवारी जी के मकान में रहने लगी | एक दिन वहाँ भी अर्जुन और उसके छोटे भाई उन्हे मारने के इरादे से पहुँच गए | वहाँ उन्होंने दुर्जन को घर से निकाल कर तो पीटा ही साथ ही मकान मालिक तिवारी को भी पीटा | दुर्जन के बड़े भाई अर्जुन ने कहा ,

“साले , बड़ा मकान मालिक बनता है , निकाल इनको बाहर घर से | इन्हे मैं मोहल्ले में नहीं रहने दूंगा |”

अर्जुन कुसंस्कारों , स्वार्थपरता , अहंकार और दुर्जनता से भरा हुआ था वरना अपने सगे छोटे भाई से इतना दुर्व्यवहार न करता | अंततः देवी ने वह मोहल्ला छोड़ दिया और दूर मोहल्ले में जाकर अपने पति के साथ रहने लगी | परिवार के साथ मिलकर रहने का उसका सपना ताश के पत्ते की तरह ढेर हो चुका था | वह सोचती रही कि मुशीबत में सब साथ रहेंगे पर दुर्जन के परिवार के सभी सदस्य कुटिलता से भरे हुए थे |जब तक उनके मुशीबत के दिन थे तब तक देवी की उपयोगिता थी | जैसे ही उनके हाथ में कुछ पैसे आए उनकी आँखें फिर गई और देवी को दूध की मक्खी की तरह घर से बाहर निकाल फेंका |

दुर्जन ने अब अपनी पोस्टिंग फिर से कटनी की फैक्ट्री में करवा ली | दुर्जन भी उतना ही कुसंस्कारी था जितना उसके माता-पिता और भाई

–बहन | वह एक अजीब सी मानसिकता से ग्रसित था | उसकी पत्नी सुंदर थी , जवान थी , बोल-चाल में सभ्य थी तो उसे लगता था कि कहीं उसका संबंध किसी दूसरे से न हो जाए | वह हमेशा आशंकित रहता था | वह चाहता था कि उसकी पत्नी अपने देवरों या दुर्जन के दोस्तों या किसी भी पुरुष से बात न करे | यदि वह किसी से बात कर लेती तो दुर्जन का कहर उस पर बरस पड़ता |

अब वह शराब पीने का भी आदी हो चुका था | वैसे तो वह ऊपर से बहुत शांत और सभ्य दिखाई देता पर पीने के बाद उसके अंदर का राक्षस जाग जाता था और वह सारा गुस्सा घर आकर देवी और बच्चों पर निकालता था | अब आए दिन वह किसी न किसी बात पर देवी की पिटाई करता | मार खाना अब देवी की नियति बन गई थी | बच्चे सहमे हुए सब देखते रहते थे |

कटनी की फैक्ट्री में पोस्टिंग होने के बाद दुर्जन अपनी मौसी के घर में रहता था | ऊपरी मंजिल पर मौसी का लड़का विष्णु अकेला रहता था और दुर्जन सपरिवार ग्राउंड फ्लोर पर रहता था | दुर्जन बहुत ही शंकालु था वह जब भी देवी को विष्णु से बात करते , हँसते देखता तो उसके तन बदन में आग लग जाती थी | उसको यह शंका हो गई थी कि देवी का विष्णु से अनैतिक संबंध है | वह मन ही मन जलता रहता था | विष्णु से तो वह कुछ कह नहीं सकता था क्योंकि इसका कोई आधार नहीं था | उसे तो सिर्फ मानसिक बीमारी थी जो उसे चैन नहीं लेने देती थी |

सुबह का वक्त था, राधा स्कूल जा चुकी थी | दुर्जन ने देवी को विष्णु से बात करते देख लिया , बस फिर क्या था वह टूट पड़ा देवी पर और चिल्लाते हुए बोला,

“हरामजादी ......कुतिया ,.......अपने आप को श्रीदेवी समझती है .... अरे छिनाल है, तू छिनाल ....

लात ,घूंसों और चप्पलों से मारते मारते वो थक गया था और थक कर चारपाई में बैठ गया था | उसने एक सिगरेट सुलगाई , जोर का कश खींचा और सिगरेट के छल्ले हवा में उड़ाने लगा | पूरा कमरा धुएं से भर गया | उस ने कमरे की खिड़की और दरवाजा बंद कर रखा था | कोने में फर्श पर बैठी सिसक रही देवी की सिसकियाँ अभी खत्म भी नहीं हुई

थी तभी सिगरेट का धुआँ उसके नथुनों में भर गया | उसका दम घुटने लगा , जोर से खांसी आई | खाँसते खाँसते लगा आँखें बाहर आ जाएंगी और सांस रुक जाएंगी | वह उठी और दरवाजे की कुंडी खोलकर ज्यों ही बाहर निकली, दुर्जन उसकी ओर लपका | साड़ी का पल्लू उसके हाथ में आ गया पर देवी ने जोर का झटका दिया और वो औंधें मुंह गिरा | बस फिर क्या था ? उसका सोया हुआ राक्षस जाग गया | वह उठा और चोट खाये सांप की तरह देवी के पीछे दौड़ा | देवी आँगन को पार कर बाहर का दरवाजा खोलकर किसी तरह बाहर निकलने की कोशिश कर रही थी तभी साड़ी का पल्लू दरवाजे की कील में फंस गया | तब तक वो राक्षस दरवाजे तक पहुँच चुका था | उसके हाथ में देवी की साड़ी का पल्लू फिर आ चुका था | इस छीना -झपटी में इस बार देवी की साड़ी खुल गई थी | अब शर्म के मारे उसे सूझ नहीं रहा था की वह आगे जाए या पीछे | वह हाथ जोड़ कर बीच रास्ते में खड़ी हो गई और दुर्जन से गिड़गिड़ाते हुए विनती करने लगी,

" मुझे छोड़ दीजिए , मैं आपके पैर पड़ती हूँ |"

दुर्जन का दिल नहीं पसीजा वो दाँत भींचते हुए एक भेड़िये की तरह देवी की ओर झपटा और उसे जमीन पर गिरा दिया | उसको बालों से पकड़कर घसीटते हुए एक लाश की तरह ले गया और कमरे में ले जाकर बंद कर दिया | इस बार लात घूंसों की बारिश कर दी | अब तो देवी भी रोना और चिल्लाना भूल गई थी ,वह मार खाती रही | जब वो हांफने लगा तो फिर चारपाई पर बैठ कर सिगरेट सुलगा लिया |

देवी बेहोश हो चुकी थी | दुर्जन उठा, देवी के पास गया , उसे हिलाया डुलाया | जब देखा कि उसकी साँसे तो चल रही हैं पर वो बेहोशी में है | वह हिकारत भरी नजरों से देखते हुए उसके मुंह पर थूका और और देवी को उसी हालत में छोड़ कर चल दिया | बाहर आकर कमरे में ताला लगा दिया और अपने काम पर फैक्ट्री चला गया |

बाहर से दरवाजा खटखटाने की आवाज सुनकर देवी को होश आ गया | उसने उठने की कोशिश की पर उसकी हिम्मत नहीं पड़ रही थी | उसकी कमर पर दुर्जन ने इतनी जोर की लात मारी थी कि अब उसमें उठने की ताकत नहीं रह गई थी | उसका बेटा बाबू बहुत छोटा था , वह

भूख के मारे बिलखने लगा | देवी से उसका रोना देखा नहीं गया | वह घिसटते हुए किसी तरह चारपाई तक पहुंची और बच्चे को सीने से लगा लिया | अपने स्तन बच्चे के मुंह में दिए पर उनमे दूध नहीं निकल रहा था | बच्चा जोर जोर से स्तनों को खींचने लगा ,और उसका चिल्लाना जारी रहा | बच्चे की यह दुर्दशा उससे देखी नहीं गई और वह अपनी बेवशी पर दहाड़ मार कर रो पड़ी |

देवी की आवाज सुनकर विष्णु बाहर से आवाज लगाया,

“भाभी क्या हुआ ? दरवाजे पर ताला किसने लगाया है ?”

“भईया, बच्चे के लिए दूध ले आओ, भूख के मारे तड़फ रहा है |”

विष्णु समझ गया था कि ये दुर्जन का ही काम होगा | विष्णु घर की ऊपरी मंजिल पर रहता था और वो दुर्जन का मौसेरा भाई था | वह तुरंत ही नजदीक की हलवाई की दुकान में गया और वहाँ से दूध ,जलेबी और समोसे लेकर आ गया | पर ताला तो बंद था | वह कुछ देर असमंजस की स्थिति में खड़ा रहा | सोचता रहा की ताला तोड़े या नहीं | अंततः उसने फैसला किया की ताला तो तोड़ना ही पड़ेगा | वह अगर दुर्जन से चाबी मांगने गया तो फैक्ट्री तो दूर थी | फिर दुर्जन का क्या भरोसा ? वह सबके सामने ही झगड़ बैठे |

विष्णु ने ताला तोड़ दिया और देवी को दूध और नाश्ता दे कर पूछा,

“भाभी क्या हुआ ? तुम कुछ बोलती क्यों नहीं ?”

देवी फफक कर रो पड़ी और सुबकते हुए बोली,

“तुमसे क्या बताऊँ भैया, मुझे तो जानवरों की तरह मारा है | मेरा तो मर जाना ही अच्छा है | मेरे लिए जहर की गोली ला दो , रोज रोज मार खाने से अच्छा है की मैं एक ही बार मर जाऊँ |”

“नहीं भाभी ऐसा नहीं सोचते , तुम सहती रहोगी तो ये दुर्जन तो सुधरेगा नहीं , चलो थाने चलते हैं , तुम रिपोर्ट लिखाओ | जब पुलिस के डंडे पड़ेंगे तो तभी इसके होश ठिकाने आएंगे |”

“भैया ,मुझसे खड़ा नहीं हुआ जा रहा है | प्लीज मेडिकल की दुकान से दर्द की गोली ले आओ |”

विष्णु गया और आधे घंटे में दवा लेकर आ गया | देवी को दवा देते हुए कहा,

"भाभी, दवा खाली पेट मत खाना , पहले नाश्ता कर लो | दवा लेकर आराम करो | दोपहर का खाना मैं दे जाऊंगा |"

विष्णु दोपहर का खाना लेकर आया तो देखा देवी जमीन पर ही पड़ी है | उसने दो-तीन बार आवाज दी | जब वो नहीं जागी तो खाना ढक कर रख दिया और चला गया |

दुर्जन जब फैक्ट्री से वापस आया तो रात के आठ बज रहे थे | रास्ते में दारू के ठेके से अद्धा लेकर वहीं बैठ कर पिया | जब वहाँ से चला तो | उसके जेहन में शक का कीड़ा काट रहा था , उसके अंदर का राक्षस जाग चुका था | आज उसने देवी को प्रताड़ित करने का एक और तरीका सोचा था |

देवी कमरे में पलंग पर लेटी हुई थी | दुर्जन ने सिगरेट सुलगाया, कश खींचा और सिगरेट का सिरा जैसे ही लाल हुआ तो सोती हुई दुर्गा के स्तनों में जलती हुई सिगरेट चिपका दी | वह जोर से चीखी चिल्लाई पर उस बंद कमरे में उसकी मदद करने वाला कोई नहीं था | ऐसी प्रताड़ना देने का अब दुर्जन आदी हो गया था और देवी सहने करने की |

देवी ने अपने बड़े भाई को पत्र लिख कर तुरंत आने को कहा पर उस पत्र में कुछ कारण नहीं लिखा | उसका भाई बॉम्बे में किसी कंपनी में नौकरी करता था | जब वह देवी के पास पहुंचा तो उसके होंठ पर चोट के निशान देखे | उसने जब देवी से इस चोट का कारण पूछा तो देवी ने बहाना बनाते हुए कहा,

"भैया बाथ रूम में गिर गई थी |"

बड़े भाई को समझते देर न लगी की दुर्जन ने यह चोट पहुंचाई होगी | दुर्जन बहुत ही दुष्ट और चालाक किस्म का व्यक्ति था | जब तक देवी का भाई घर में रहा उसने उसे एक पल के लिए भी अकेला नहीं छोड़ा ताकि देवी उससे शिकायत न कर सके | दुर्जन को पता लग गया था कि बड़े भाई को देवी ने ही पत्र लिखकर बुलाया होगा वरना वो अचानक क्यों चला आता | उसने बात बनाते हुए कहा,

"भैया , मैं दुबई जाना चाहता हूँ , वहाँ मुझे ऑयल कंपनी में वेल्डर का काम मिल रहा है ,आप अपनी बहन को और मेरे बच्चों को अपने पास ले जाना |"

देवी का बड़ा भाई वापस बॉम्बे चला गया | उसे बाद में पता चला कि दुर्जन अपने कुछ साथियों को लेकर उसे जान से मारने के लिए कटनी से जबलपुर तक पीछा किया | जबलपुर स्टेशन पर ट्रेन में उसको तलाशा पर सही जानकारी के अभाव में वो उसे ढूंढ न सके और देवी का भाई सुरक्षित बॉम्बे पहुँच गया | दुर्जन एक अपराधी किस्म का आदमी था | अब उसे देवी के भाई से भी अकारण नफरत हो गई थी |

****

एक रात वह शराब पीकर लौटा , देवी कमरे में सो रही थी | वह एसिड की बोतल लेकर कमरे में घुसा और देवी की साड़ी ज्यों.ही उसने उठाने की कोशिश की , देवी जाग गई | देवी ने जोर से लात मारा तो दुर्जन दूर जा गिरा और बोतल का एसिड जमीन पर फैल गया | वह चिल्ला रहा था ,

"साली, आज तेरा भो * ******** ही जला डालूँगा , न रहेगा बांस और न बजेगी बाँसुरी |"

देवी दौड़ते हुए थाने पहुंची | वह डर के मारे थर थर कांप रही थी | जब थानेदार ने उससे पूछा ,

"क्या हुआ तुम्हें ? क्या किसी ने तुम्हें मारा-पीटा है ?

देवी इसके पहले कुछ बोलने की हिम्मत जुटा पाती, दुर्जन भी पीछे पीछे अपने पड़ोसी और रिश्ते की बहन को लेकर थाने पहुँच गया था | दुर्जन ने थानेदार से कहा,

"साहब, इसके ऊपर देवी सवार हो जाती है, अक्सर इसके ऊपर प्रेत सवार हो जाते हैं |"

ऐसा कहकर वह देवी को घर वापस ले आया | चूंकि भूत प्रेत चढ़ने का आडंबर उसने रचा था , और उसे अपने झूठ को सच भी दिखाना था , वह झाड-फूँक करने वाले एक तांत्रिक को घर ले आया | उस तांत्रिक ने देवी को अपने सामने बैठा लिया | तीन लोगों ने देवी के दोनों हाथों और सर को मजबूती से पकड़ लिया | तांत्रिक ने देवी के नाक के नीचे गोबर के उपले जलाए , उसमें मिर्च डाला और जब उसका जहरीला धुंआ निकला तो देवी का सर उसमें झुका दिया | देवी का खाँसते खाँसते बुरा हाल था ,आँखों से आंसुओं की धार बह रही थी , नाक से छीछन बह रहा था , पेट

की अँतड़ियाँ मुंह को आ रही थी , मुंह से लार टपक रही थी , पूरा शरीर दर्द के मारे कराह रहा था | अब वह मंत्रोच्चारण करने लगा साथ ही झाड़ू से देवी को पीटने लगा और पूछने लगा,

"कौन सी आत्मा है तू , बता ?"

"मैं कोई आत्मा नहीं हूँ |"

"तू ऐसे नहीं बताएगा " , वह जोर से झाड़ू देवी के सर पर दे मारता | देवी दर्द से बिलबिलाती रहती |"

"कौन सा बरम है तू ? किसकी आत्मा है तू, जल्दी बता ?"

"मुझे छोड़ दो , मुझे कोई भूत नही, कोई बरम नहीं चढ़ा है |"

"तू ऐसे नहीं बताएगा |"

तांत्रिक फिर प्रेत बाधा निवारक हनुमत मंत्र का मंत्रोच्चारण करने लगता ,

"ऊँ ऐं ह्रीं श्रीं ह्रां ह्रीं ह्रूं ह्रैं ऊँ नमो भगवते महाबल पराक्रमाय भूत-पिशाच –शाकिनी –डाकिनी-यक्षणी –पूतना-मारी-महामारी, यक्ष राक्षस भैरव बेताल ग्रह राक्षसादीकम् क्षणेन हन हन भंजय भंजय मारय मारय शिक्षय शिक्षय महामारेश्वर रुद्रावतार हुं फट स्वाहा ....

यह झाड –फूँक का सिलसिला देर रात तक चलता रहा जब तक देवी मिर्च के धुएं से बेहोश न हो गई | दुर्जन अपनी कुटिलता पर मुस्कुरा रहा था | वो लोगों को यह विश्वास दिलाने में सफल हो गया कि देवी को भूत-प्रेत बाधा है | वह एक दुरात्मा व्यक्ति था जिसे अपनी पत्नी को यातना देते हुए आनंद की अनुभूति होती थी |

****

देवी के अब तक तीन बच्चे हो चुके थे | बड़ी बेटी सुधा 16 साल की थी | उसे देवी ने ननिहाल भेज दिया | छोटी बेटी राधा 9 साल की थी और बेटा बाबू 6 साल का था | ये दोनों बच्चे देवी के साथ थे और डर के साये में जी रहे थे |

दुर्जन के अत्याचारों में कोई कमी नहीं आई थी | कई बार देवी को लगता था कि इस आदमी की वो हत्या कर दे पर ख्याल आता था कि उसके तीन बच्चों को कौन पालेगा | फिर लगता था कि वह आत्महत्या कर ले | वह इसी ऊहापोह में जी रही थी | उसका साथ देने वाला कोई नहीं

था | दुर्जन उसे घर से निकलने नहीं देता था | दुर्जन के रिश्तेदार, दोस्त , सभी वहाँ थे पर देवी का कोई नहीं था | दुर्जन ने सबको विश्वास दिला दिया था कि उसकी पत्नी को प्रेत बाधा है इसलिए वो कभी कभी रात हो या दिन में चिल्लाने लगती है |

एक रात जब वह फैक्ट्री से आया तो देवी से कहा,

"मेरा वो बैग लेकर आना , उसमें मेरी बैंक पास बुक है |"

देवी बैग लेकर आई और खोलकर देखा तो उसमें पासबुक की बजाय सलफ़ास की गोलियां रखी थी | देवी ने पूछा ,

"ये जहर क्यों रखा है इस बैग में ?"

"तेरे खाने के लिए ,इसे खा ले , बच्चों को भी खिला दे और मेरा पीछा छोड़ |"

देवी इतने वर्षों से अन्याय सहते सहते टूट चुकी थी | फिर भी उसने कहा,

"तुम्हारे कहने से ये जहर मैं नहीं खाऊँगी |"

"कैसे नहीं खाएगी हरामजादी ?"

ऐसा कह कर वह देवी के सर को पकड़ कर दीवाल पर दे मारा और सलफ़ास की गोलियां उसके मुंह में ठूंस दी |

देवी ने वो सारी गोलियां गटक ली | थोड़ी देर में ही जहर ने अपना असर दिखाना शुरू कर दिया | तब तक विष्णु दुर्जन की आवाज सुनकर कमरे में आया तो देखा देवी बेहोश पड़ी थी | उसने दुर्जन से पूछा,

"भाभी को क्या हुआ ?"

दुर्जन चुप्पी साध कर बैठा था | नजदीक ही दो गोलियां पड़ी हुई थी जिन्हे देख कर उसने दुर्जन से पूछा,

"ये सलफ़ास की गोलियां यहाँ क्यों पड़ी हैं ? कहीं भाभी ने ये गोलियां तो नहीं खा ली ?"

दुर्जन फिर भी चुप था | उसने दुर्जन से कहा ,

"यदि भाभी को कुछ हुआ तो तू जेल जाएगा, मैं गवाही दूंगा "|

यह सुनकर दुर्जन के चेहरे पर हवाइयाँ उड़ने लगी | वह दौड़ दौड़ कर मोहल्ले वालों को बताने लगा की उसकी पत्नी ने जहर खा लिया है | उसे यह भी डर सता रहा था की कहीं देवी की मृत्यु हो गई तो सारा इल्जाम

उस पर आ जाएगा | पर मोहल्ले वालों को हकीकत का पता था | वह आए दिन देवी को प्रताड़ित करता था | यह सभी जानते थे पर किसी के व्यक्तिगत पारिवारिक मामले में दखलंदाजी करना उचित नहीं समझते थे | यह प्रवृत्ती भारतीय समाज में आम तौर पर पाई जाती है |

वह दौड़ा गया और एक जीप लेकर आया | विष्णु और दुर्जन तुरंत देवी को लेकर कटनी के अस्पताल में ले गए | डॉक्टर ने जांच की तो पाया की देवी की हालत गंभीर है | उसने तुरंत जबलपुर ले जाने को कहा | ग्रीन कॉरीडोर बनाते हुए देवी को तुरंत जबलपुर ले जाया गया | वह आठ दिनों तक अस्पताल में रही | देवी की जान बच गई | दुर्जन ने देवी से अपने किए पर माफी मांगी और वादा किया कि अब वो उससे ऐसा व्यवहार नहीं करेगा | देवी उसके बहकावे में आ गई और उसने अस्पताल से वापस आने के बाद दुर्जन के खिलाफ पुलिस में कोई शिकायत दर्ज नहीं की | यूं ही जिंदगी के दिन निकलते रहे |

****

कटनी की फैक्ट्री बंद हो गई | कामगारों को कहा गया कि वे चाहें तो उड़ीसा की फैक्ट्री में काम कर सकते हैं | परंतु दुर्जन वहाँ जाने को तैयार नहीं हुआ | न जाने उसे वहाँ जाने में क्या तकलीफ थी ? यह एक तरह से कामचोरी थी या अदूरदर्शिता यह देवी को समझ नहीं आया | दुर्जन ने नौकरी छोड़ने का फैसला किया | भविष्य निधि का जमा पैसा देने में कंपनी ने एक साल लगा दिया | अब दुर्जन के दुर्दिन आ गए | वह लोगों से उधार लेने लगा था | बिना सब्जी के रोटियाँ खानी पड़ी | कहीं कोई काम भी नहीं मिलता था | देवी ने जो थोड़ा थोड़ा बचत करके पैसे इकट्ठे किये थे वह भी धीरे धीरे खत्म हो गए |

भविष्य निधि का पैसा मिलने के बाद दुर्जन को काम की तलाश थी | देवी के पिता छत्तीसगढ़ के बिलासपुर जिले में पदस्थ थे | उन्होंने देवी और दुर्जन को अपने पास बुला लिया | उन्हे अपनी जमीन दे दी और ढाबा खोलने की सलाह दे दी | यह बात देवी को जंच गई | दुर्जन और देवी ने मिलकर रोड किनारे एक ढाबा खोल दिया | ढाबा अच्छी तरह चल निकला |

इसके बावजूद भी दुर्जन की आदत बदली नहीं | वह जब पी लेता तो मोहल्ले का शेर बन जाता था | यदि देवी उसे कुछ समझाती तो उसे वो पिटाई करता था | दुर्जन ने ढाबे में पुलिस की मदद से अवैध रूप से देशी शराब भी बेचना शुरू कर दिया था | वह शराब ठेकेदारों से खरीदता और ट्रक ड्राइवर्स को बेच देता | शराब की वजह से उसका ढाबा अच्छा चल निकला था | पर साथ साथ इसके दुष्परिणाम भी सामने आने लगे | दुर्जन तो पीता ही था ,अब देवी का बेटा बाबू भी कम उम्र में ही शराब पीने लगा था | वह ढाबे से पैसे भी गायब कर देता और दोस्तों के साथ मिलकर ड्रग्स का सेवन भी करने लगा था |

वहीं दूसरी ओर ढाबे की बिक्री देख कर अन्य ढाबे वाले जलने लगे | और वे गाँव वालों के साथ मिलकर दुर्जन के खिलाफ उसे भगाने का षडयन्त्र करने लगे | वे एस पी के पास पहुँच कर दुर्जन के खिलाफ शिकायत की कि ढाबे को तुरंत बंद किया जाए क्योंकि वहाँ अवैध रूप से शराब की बिक्री होती है | दुर्जन ने शराब की बिक्री तो बंद कर दी पर खुद पीना ,देवी की पिटाई करना और मोहल्ले में हो हल्ला करना जारी रखा |

एक रात दुर्जन ने शराब पीकर एक पान के ठेले में आग लगा दी | पुलिस उसे गिरफ्तार कर ले गई | एक सप्ताह जेल में रहा फिर जमानत पर छोड़ दिया गया | देवी खुद उसे छुड़ा कर ले आई | वह फिर माफी मांगने लगा | देवी ने उसे माफ कर दिया |

दुर्जन हर बार वही कमीनापन करता ,फिर माफ़ी माँगता और देवी उसे माफ कर देती | शराब पीकर देवी को मारना-पीटना दुर्जन ने जारी रखा | देवी अब अपने माता-पिता और भाई-बहनों के नजदीक थी | उसका हौसला बढ़ गया था | वह भी दुर्जन की पिटाई करने लगी थी पर दुर्जन ताकतवर था , अकेले उसका मुकाबला नहीं कर सकती थी | वह दुर्जन की शिकायत लेकर थाने जाती | पुलिस दुर्जन को थाने ले जाकर बैठा लेती | वह पुलिस की मुट्ठी गरम कर देता और फिर घर वापस आ जाता | यह सिलसिला कई बार चला | पुलिस को भी इसी बहाने पैसे ऐंठने का अच्छा मौका मिल जाता था |

दुर्जन के अत्याचार की अब पराकाष्ठा हो गई थी | दुर्जन अब शराब पीकर सारे आम देवी के माता-पिता और परिवार जनों को गालियां

बकता था | कहता था –'सब को जान से मार दूंगा , घर में आग लगा दूंगा सब जल जाओगे '|देवी ने ठान लिया था कि अब दुर्जन के बिना भी वह अकेले अपनी गृहस्थी चलाएगी और दुर्जन को उसके किये की सजा जरूर दिलवाएगी

देवी ने जिले के एस पी से मिलकर दुर्जन के खिलाफ शिकायत करने की सोची पर समझ नहीं आ रहा था कि एस पी से कैसे मिला जाए | किसी ने एक वकील का नाम सुझाया | वह वकील के पास पहुँच गई | वकील को अपनी व्यथा बताई | वकील ने अपने एक क्लाइंट से मिलवाया और कहा,

"ये भाई साब , एस पी ऑफिस जा रहे हैं इनके साथ जाइए , ये आपको एस पी से मिलवा देंगे |"

देवी उन सज्जन के साथ उनके घर गई | वह सज्जन भी दुर्जन निकला | वह बात करने के बहाने देवी के करीब सट कर बैठ गया और बात बात पर कभी उसके हाथ में हाथ रखता तो कभी कंधे पर | देवी उसके इरादे समझ गई और वहाँ से किसी तरह निकल भागी |

देवी ने अपनी बेटी सुधा को साथ लिया और सीधे एस पी के ऑफिस पहुँच गई | एस पी को अपनी सारी व्यथा बताई | एस पी ने कहा,

"आप वापस जाइए, हमने थानेदार को हुक्म दे दिया है ,दुर्जन को गिरफ्तार किया जाएगा |"

देवी जब तक घर लौटी तो पुलिस दुर्जन को अरेस्ट करने ढाबे में पहुँच चुकी थी | देवी ने अर्जुन के खिलाफ दहेज और मार पीट का केस दर्ज करवा दिया | जब अदालत में मुकदमा चला तो दुर्जन के वकील ने कहा,

"जज साहब, मैं इस आदमी को अच्छी तरह जानता हूँ | यह निहायत ही शरीफ आदमी है| इसका चाल चलन गाँव वालों के साथ बहुत अच्छा है | मैं इसके गाँव का ही रहने वाला हूँ | इसकी पत्नी देवी आपसी रंजिस की वजह से इतने वर्षों बाद इस पर दहेज और मार-पीट का झूठा इल्जाम लगा रही है |"

देवी को थानेदार ने समझाया था कि मजिस्ट्रेट के सामने चुप नहीं रहना और अपनी बात बढ़ चढ़ कर बोलना |जब अदालत में जज के सामने पेशी हुई तो देवी ने कहा ,

“जज साहब मेरी भी सुनिए |”

“जब आपकी बारी आएगी तब बोलिए |”

“जज साहब मेरी बात आपको सुननी पड़ेगी, मैंने बहुत सह लिया है |”

“अच्छा ठीक है , आप ही बोलिए |”

“जज साहब , वकील साहब की सारी बातें मैं मानती हूँ पर क्या वकील साहब को पता है कि मेरे पति का व्यवहार मेरे बेड रूम में कैसा है ?”

पूरी अदालत में सन्नाटा छा गया | जज महोदय ने दुर्जन को मार-पीट के जुर्म में तीन महीने की सजा सुनाई और दुर्जन जेल की हवा खाने चला गया | दुर्जन अब तक तीन बार जेल की हवा खा चुका था |

दुर्जन की तीन महीने की सजा पूरी हो चुकी थी | देवी ने सोचा कि अब दुर्जन सुधर गया होगा | वह उसे जेल में लेने पहुँच गई | दुर्जन भी पहले की तरह माफी मांगा और गलतियाँ न दुहराने का वादा किया | पर यह ड्रामा ज्यादा दिन नहीं चला | दुर्जन फिर अपनी औकात पर आ गया | पुलिस ने इस बार उसको जिले से बाहर रहने का आदेश दिया और एक साल तक जिले में न घुसने का आदेश दिया | वह जबलपुर चला गया |

अब देवी , अपनी दोनों बेटियों सुधा ,राधा और बेटा बाबू के साथ मिलकर ढाबा चलाने लगी | ढाबा फिर चल निकला | देवी के दिन अच्छे बीतने लगे | उसके जीवन में शांति आ गई | पर यह शांति ज्यादा दिन नहीं टिकी |

देवी का बेटा बाबू बहुत उद्दंड हो चला था | वह भी अपने पिता के नक्शे कदम पर चल रहा था | ढाबे से पैसे गायब कर देना , ढाबे में अपने दोस्तों को लाकर फ्री में खिलाना –पिलाना , आवारा दोस्तों की मंडली में घूमना फिरना , शराब और ड्रग्स का सेवन करना ,समझाने पर अपनी बड़ी बहनों से मार-पीट करना , मोहल्ले के लड़कों से मार-पीट करना , यह सब उसका रोज का काम था | एक दिन ऐसा ही उत्पात कर वह पुलिस के डर से अपने पिता के पास जबलपुर भाग गया | देवी उसे खोजती रह गई | बहुत दिनों के बाद पता चला कि वह जबलपुर में है |

देवी अपने बेटे और पति का पता लगाने गई तो पता चला कि दुर्जन एक कंपनी में चौकीदारी करता है और वहाँ एक औरत के साथ रातें गुजारता है | देवी का मन घृणा से भर गया | उसे याद आया ,ये वही व्यक्ति है जो उस पर शक के आधार पर उसे छिनाल कहता था, उस पर अत्याचार करता था जबकि खुद पराई स्त्री को पाने की चाह में यहाँ दौड़ा चला आया | यह चरित्रहीन नहीं है तो और क्या है ? वह वापस लौट आई |

एक साल बाद दुर्जन और उसका बेटा बाबू दोनों जबलपुर से वापस आ गए | पहले की तरह इस बार भी दुर्जन ने देवी को इमोसनल ब्लैकमेल किया, माफी मांगा और ढाबे के काम में लग गया | पर उसकी फितरत कुत्ते की पूंछ की तरह ही टेढ़ी रही | वह अपने असली रूप में जल्दी ही आ गया | अब उसका साथ देने के लिए उसका बेटा बाबू भी तैयार हो चुका था | दोनों ने मिलकर देवी और उसकी दोनों बेटियों को परेशान करना, और मार-पीट करना फिर से शुरू कर दिया |

देवी दुर्जन को सही रास्ते में लाने के लिए सारे तरीके अपना चुकी थी पर दुर्जन नहीं सुधरा और अब तो उसका बेटा भी बाप के नक्शे कदम पर चल रहा था | देवी और उसकी बेटियों ने अब इस राक्षस के चंगुल से दूर जाना ही उचित समझा | वे तीनों ने घर छोड़ दिया |

अब समस्या ये थी कि कहाँ रहें ?और कैसे जीवन यापन करें ? काम की तलाश में वो तीनों निकल पड़ीं | अंबिकापुर में देवी का चचेरा भाई रहता था | देवी ने उससे अनुरोध किया कि वो उन्हे कुछ दिन रहने का सहारा दे दे , शहर में काम मिलते ही वो अपना अलग बंदोबस्त कर लेंगी | भाई ने सहमति दे दी | वे तीनों अंबिकापुर पहुँच गईं |

भाई ड्राइवर था और वह खुद भी एक ऐसी औरत के साथ रहता था जिसका पति उसको छोड़ चुका था | उस औरत के भी दो बच्चे थे | दो दिन बाद ही उसके भाई और उस औरत के बीच वाक युद्ध होने लगा, आपस में गाली गलौच होने लगी और फिर मार-पीट होने लगी | वह औरत कह रही थी,

“सालें, खुद तो मेरे घर में पड़ा है और ऊपर से पूरे कुनबे को बुला लिया | किससे पूछ कर बुलाया था?”

" ये मेरी बहन है , दो चार दिन रह लेने दो ,मकान ढूंढ रही है बेचारी , मकान मिलते ही चली जाएगी |"

"मैं ये सब नहीं जानती , इसको बोलो कि यहाँ से आज ही चली जाए |"

देवी सब सुन रही थी ,उसने चले जाना ही उचित समझा |

देवी के सामने फिर वही प्रश्न खड़ा हो गया कि कहाँ जाएँ ? देवी ने अपनी बहन से मदद मांगी जो बिलासपुर में रहती थी | उस की बहन उसे कुछ दिनों की मदद देने को तैयार हो गई | देवी अपनी दोनों बेटियों के साथ बिलासपुर अपनी बहन के यहाँ रहने और काम की तलाश में निकल पड़ी | अभी चार दिन ही हुए थे कि बहन की सास और ननद को देवी के आने का पता चला तो उन्होंने कहा,

"अपना घर छोड़ कर यहाँ वहाँ भटकती फिर रही हैं , छोटे से घर में कैसे गुजारा होगा, तुम उन्हे कहो कि वो तुरंत वहाँ से चली जाएँ |"

| बहन खुद भी एक छोटे से कमरे में अपने तीन बच्चों और पति के साथ रह रही थी | उस छोटी सी जगह में आठ लोगों का गुजारा मुश्किल था | उसने कहा,

"दीदी मेरी सास को पता चल गया है कि आप लोग बिलासपुर में मेरे पास रह रही हैं | उनका कहना है कि आप लोग जल्दी मकान ढूंढ लें |"

देवी ने वो घर छोड़ने का निश्चय कर लिया |

अब फिर वही समस्या थी – जाएँ कहाँ ? तभी देवी की बेटी राधा की दोस्त ने कहा कि जब तक किराये का मकान नहीं मिलता तब तक वो उसके यहाँ रुक सकते हैं | देवी अपनी दोनों बेटियों को लेकर उस दोस्त के घर चली गई | दो दिन ही बीते थे कि दोस्त की मां ने कहा,

"हमारे घर मेहमान आने वाले हैं | आप लोग कल तक मकान ढूंढ लें और यहाँ से चले जाएँ |"

देवी की मुशीबतें उसका पीछा नहीं छोड़ रही थी | अंततः उसे एक कमरे का मकान मिल गया और देवी अपनी बेटियों के साथ किराये के मकान में सिफ्ट हो गई | रहने की समस्या तो हल हो गई थी | अब मुद्दा था -काम ढूँढने का | बड़ी बेटी सुधा को माल में सेल्स गर्ल का और छोटी बेटी राधा को आइडिया फोन के शॉप में काम मिल गया | देवी घर में

रहकर साड़ियों में फाल पीको का काम करने लगी | गृहस्थी की गाड़ी चल पड़ी | दिन शांतिपूर्वक निकलने लगे |

अब दुर्जन फिर देवी से नजदीकियाँ बढ़ाने लगा | उसकी एक आँख खराब हो गई थी | ऑपरेशन के लिए उसे बिलासपुर आकर रुकना पड़ा | देवी ने उसकी खूब देखभाल की | वह ऑपरेशन के बाद चला गया | इसी बीच राधा की शादी की बात चलने लगी | लड़के वाले देखने आए और उसे पसंद कर लिया | देवी को घर से निकले करीब एक साल बीत चुका था | दुर्जन फिर देवी से क्षमा याचना करने लगा और कहा,

"देवी , अब गुस्सा थूक दो, मुझसे गलती हो गई है , मैंने दारू पीना छोड़ दिया है | अब तुम चलो अपनी गृहस्थी संभालो |"

देवी फिर वापस अपने घर लौट गई और दुर्जन को ढाबे के काम में मदद करने लगी | बड़ी बेटी सुधा भी तन मन से ढाबा संभालने लगी | ढाबा फिर अच्छी तरह चलने लगा |

एक दिन दुर्जन अपने ससुर के पास भी अपने दुष्कर्मों की माफी मांगने चला गया और विनती करते हुए बोला,

"बाबूजी , माफ कर दीजिए , मुझसे बड़ी गलती हुई , मैंने आपको भी नशे में बहुत गालियां दी है | अब मैंने पीना छोड़ दिया है |"

"बेटा, मैंने तो तुम्हें कब का माफ कर दिया है | मैं भी पीता था पर मैंने पीकर किसी को गाली नहीं दी | शराब कभी नहीं कहती कि पीकर गाली दो | वो तो अंदर का राक्षस है जो शराब अंदर जाते ही जाग जाता है और बाहर निकलने को छटपटाता है | अच्छा हुआ तुमने उस राक्षस को ही मार दिया |अब चैन से जियो और जीने दो |"

छोटी बेटी राधा की शादी हो गई पर यह शादी एक साल बाद ही टूट गई | उसका कहना था कि उसके पति का उसकी भाभी से अनैतिक संबंध था | कभी कहती उसका पति अच्छा था पर उसके माता-पिता, और भाई-भाभी ने बहका दिया था | वो नहीं चाहते थे कि उसका पति उसके साथ अलग रहे | पर वास्तविकता यह थी कि वह मानसिकऔर शारीरिक रूप से बहुत ही कमजोर लड़की थी जिसका पालन पोषण कुंठा से ग्रसित दूषित वातावरण और माता-पिता के कुसंस्कार में हुआ था |

बड़ी बेटी सुधा ने शादी से इनकार कर दिया | उसके दिलों-दिमाग में अपने माता-पिता के वैवाहिक संबंधों व छोटी बहन के शादी के परिणाम को देखकर बहुत ही बुरा प्रभाव पड़ा था | उसका कहना था ,

“पहाड़ से गिरने पर बचने की संभावना है पर यदि शादी के बंधन में बंध कर गिरे तो बचने की कोई संभावना नहीं है | इससे अच्छा है कि अकेले ही जिंदगी जिया जाए |”

दुर्जन का व्यवहार वैसे भी अपने सभी बच्चों के साथ बेरुखा और गैर जिम्मेदाराना रहा |वह अपनी पत्नी देवी के साथ भी पूरे जीवन भर अत्याचार करता रहा | उसका पालन –पोषण ही ऐसा हुआ था की वह सचमुच दुर्जन बन गया था | यथा नाम तथा गुण | उसके कारनामों की सजा ही पूरा परिवार भुगत रहा था | इस बर्बादी की शुरुआत तो बहुत पहले शुरू हो गई थी जब उसने अपनी लक्ष्मी जैसी पत्नी देवी पर अत्याचार शुरू किया था | एक पिता होने के नाते उसने ऐसा कुछ नहीं किया कि उसके बच्चे उस पर गर्व करें | बल्कि ठीक इसका उल्टा अपने व्यवहार और कर्म से बच्चों के दिमाग पर कुसंस्कारों की ऐसी छाप छोड़ी कि वो एक एक करके बर्बादी के रास्ते पर चलते गए | उसने अपना ही नहीं बल्कि पूरे परिवार का जीवन नारकीय बना दिया था | उसे अब कानों से सुनाई नहीं देता, एक आँख से दिखाई नहीं देता , ब्लड प्रेसर और ब्लड शुगर का मरीज है | अब हर काम के लिए उसे देवी के सहारे की जरूरत पड़ती है | जिंदगी के सुनहरे दिन अत्याचार में बिता दिए | अब सिर्फ पछतावा है ....

देवी की वैवाहिक जिंदगी के 35 साल यातनाओं से भरे थे | यह एक दुख भरे संघर्ष की लंबी दास्तान है | बड़ी बेटी ने शादी से इनकार कर दिया , छोटी बेटी की शादी एक साल बाद ही टूट गई और वह घर आकर बैठ गई , वहीं बेटा ड्रग्स का आदी हो गया | इन सब का जिम्मेदार उसका पति दुर्जन था | देवी को लगता था इस बर्बादी की जिम्मेदार वह भी है | यदि वो इस गंवार इंसान से शादी करने की जल्दी न करती तो शायद ये दिन देखने न पड़ते | पर वो करती भी क्या ?उसके सामने कोई विकल्प भी नहीं था | पिता के पास दहेज देने की हैसियत नहीं थी तो अच्छा जीवन साथी कहाँ से मिलता ? खुद के पास इतनी पारखी नजर नहीं थी

कि वह देखते ही दुर्जन को परख लेती | उसे क्या पता कि उसका होने वाला पति ऊपर से तो शरीफ़ पर अंदर से खतरनाक भेड़िया था , हमेशा उसके रक्त का प्यासा और उसे नोचने को तैयार | शराब पीने के बाद तो वह सचमुच एक राक्षस बन जाता था | उसके अंदर कितना जहर भरा था, कितनी कुंठा थी यह देवी कैसे जानती ? देवी का सबसे बड़ा दोष यही था कि वो दुर्जन के अत्याचार को सहन करती रही, उसे माफ करती रही और बली चढ़ा दिया अपनी खुशियों का ....

कड़वी गोली चबाई नहीं, निगली जानी चाहिए | इस कहावत का संदेश है कि जीवन में अपमान, असफलता, धोखे जैसी कड़वी बातों को सीधे भूल जाना चाहिए | उन्हे लगातार याद करते रहने से जीवन ही कड़वा हो जाता है |

देवी ने इन कड़वी यादों को यूं ही झटक दिया | वो समझ चुकी थी कि जिंदगी में शांति से जीने के दो ही तरीके हैं – माफ कर दो उनको जिन्हे तुम भूल नहीं सकते और भूल जाओ उनको जिन्हे तुम माफ नहीं कर सकते | तभी उसे ख्याल आया कि बाबू आसपास नहीं दिखाई दे रहा है | उसने राधा को आवाज लगाई ,

“राधा देख बेटा, बाबू नहीं दिखाई दे रहा है कहाँ चला गया ?”

राधा उसे देखने के लिए ढाबे पर गई | बाबू वहाँ नहीं था | बाबू पर घर के सभी लोग नजर बनाए रहते थे | सभी को आशंका थी कि बाबू कहीं फिर से ड्रग्स न लेने लगे | पिछले छै महीने से उसका इलाज चल रहा था | अब उसका व्यवहार सामान्य हो चला था। उसकी सेहत भी अच्छी हो गई थी | वह घर के सभी लोगों का कहना मानता था और ढाबे के काम में भी अपने पिता का हाथ बंटाता था | वह 20 साल का नौजवान हो गया था | देखने में सुंदर,गोरा, ऊंचा-पूरा , मां की तरह ही दिखता था | मां को बड़ी उम्मीद थी की अब उसका बेटा सुधर जाएगा , उसकी नशे की लत छूट जाएगी |

राधा ने मां को आकर बताया,

“मां , बाबू ढाबे में नहीं है |”

“तो कमरे में देख, कहीं सो तो नहीं रहा है ?”

राधा बाबू के कमरे मे गई तो देखा – बाबू पंखे से लटक रहा है | उसको देखते ही राधा की चीख निकल गई | वह जोर से चिल्लाई,

मां........

उसकी चीखने की आवाज सुनकर मां ने कहा,

“क्यों इतना चिल्ला रही है ?

राधा की घिग्घी बंध गई थी, वह थर थर कांप रही थी, ड़र के मारे उसकी आंखे फटी की फटी रह गई थी | उसने इशारे से कमरे की ओर उंगली की |

देवी दौड़ कर कमरे की ओर गई तो देखा उसके प्यारे बेटे बाबू की लाश पंखे से लटक रही थी | देवी जोर से चिल्लाई ,

बाबू ....

5

कुसंस्कारी सोनू

ऐसा नहीं है कि स्त्रियाँ पूर्ण रूप से चरित्रवान और पाक साफ होती हैं बल्कि उनके बीच भी कई ऐसी स्त्रियाँ हैं जो सारी परिस्थतियाँ उनके अनुकूल होते हुए भी कुसंस्कारी और चरित्रहीन हो जाती हैं | वे काम भावना से ग्रसित रहती हैं और नित नए पुरुषों से यौन संबंध बनाना चाहती हैं | उद्दाम काम भावना की इच्छा को नियंत्रित नहीं कर पातीं और उसकी पूर्ति के लिए नैतिक और अनैतिक रास्ते पर चलकर अपनी दुर्गति कर लेती हैं ,और साथ साथ उस पुरुष का जीवन भी बर्बाद कर देती हैं जो चरित्रवान होते हुए भी परिस्थितिवश उनके मोह जाल में फंस जाता है | ऐसे ही कुसंस्कारों में पली बढ़ी लड़की की कहानी है यह सोनू की |

सोनू कुसंस्कारों में पली बढ़ी एक गाँव की लड़की थी | उसका पिता राजन एक नंबर का आलसी ,दारूबाज, और औरतबाज था | कहने को तो उसने जीवन में कई छोटे-मोटे काम किए पर किसी में भी उसे सफलता नहीं मिली | इसकी सिर्फ एक ही वजह थी –उसकी चरित्रहीनता | सिर्फ अच्छा खाना ,शराब और यौनसुख बस यही उसके जीवन की प्राथमिकता थी | निकम्मापन और अकर्मण्यता उसका स्वभावगत दुर्गुण था |

राजन परस्त्री गमन का आदी था | जब उसकी शिकायतें आने लगी तो उसके पिता ने सोचा कि अगर अपने होनहार पुत्र को शादी के बंधन में बांध दिया जाए तो सुधर जाएगा पर ऐसा हुआ नहीं |उसकी शादी

विलासा नाम की कन्या से जरूर हो गई | पत्नी भी खूबसूरत मिली पर वह भी एक नंबर की आलसी और कामचोर महिला थी | वह हमेशा नकारात्मक विचारों से भरी रहती थी और अपनी किस्मत को कोसती रहती थी कि उसे निकम्मा पति मिला | राजन पत्नी को घर से बाहर निकलने नहीं देता था | उसे भी हमेशा यह भय बराबर बना रहता था कि कहीं उसकी खूबसूरात पत्नी उसके काबू से बाहर न हो जाए | यहाँ तक की वह उसे स्थानीय बाजार में भी नहीं जाने देता था | धीरे धीरे विलासा का आत्मविश्वास समाप्त हो गया और उसकी पत्नी हमेशा घर के छोटे-मोटे कामों के लिए भी राजन का मुंह देखते रहती थी | बस एक काम रह गया था –बच्चे पैदा करना और बिना संस्कार व उचित शिक्षा के उनका पालन पोषण करना | और यह काम अनवरत जारी हो गया |

सोनू के पिता राजन की दमित इच्छा थी कि लड़का पैदा हो पर पहली लड़की सोनू पैदा हो गई, दूसरी बार भी लड़की मोनू पैदा हो गई | तीसरी बार जांच कराने पर पता चला कि गर्भ में लड़की है | बस फिर क्या था उसके पिता ने गर्भ पात करवा दिया | चौथी बार भी वही हुआ , इस बार भी गर्भ पात करवा दिया | पाँचवीं बार जांच कराने में लापरवाही हो गई और इस बार भी लड़की रानू पैदा हो गई | जब पाँचवीं बार भी लड़की हुई तो राजन की आशाओं पर पानी फिर गया और वह बहुत असन्तुष्ट हो गया | तीन लड़कियां लगातार पैदा होने के बाद रमन ने फेमिली प्लानिंग का ऑपरेशन करवा लिया | विलासा और राजन का अपने बच्चों पर कोई नियंत्रण नहीं था |

जब तक ससुर और जेठ से घर खर्च के लिए पैसे मिलते थे तब तक वो उनकी सेवा के लिए तत्पर रहती थी | पर ज्यों ही ससुर ने काम छोड़ा और आय का साधन बंद हो गया तो उसे ससुर में बुराई ही बुराई नजर आने लगी | वह ससुर से कहती कि उन्होंने उसके परिवार के लिए क्या किया ? उसका कहने का मकसद यूं था कि उसके परिवार के भरण –पोषण की आजीवन जिम्मेदारी ससुर की थी न कि उसके पति की | इन सबके बावजूद भी उसे अच्छा खाना और अच्छा पहनना बहुत पसंद था | बिना करतूत के ये इच्छा पूरी नहीं हो पाती थी और वह भी अपने पति से असन्तुष्ट रहती थी |

सोनू के ताऊ रमन अपने छोटे भाई की हमेशा आर्थिक रूप से मदद करते थे | पिता और भाई की उदारता का फायदा उठाते हुए सोनू का पिता राजन परजीवी हो गया था | सोनू के माता-पिता के आपसी संबंधों में कोई तालमेल नहीं था | वो बस जिंदगी जिए जा रहे थे | दोनों में से कोई ऐसा नहीं था जो मेहनत करके कमाना और गृहस्थी चलाना चाहता था | उन्हे लगता था कि खर्च के लिए पैसे मिलते रहें और जिंदगी ऐसे ही ऐसो आराम से चलती रहे और स्वयं कोई परिश्रम करके न कमाना पड़े | सोनू के माता-पिता दोनों ही अकर्मण्य थे |

आलस्य एक ऐसा अवगुण है जो व्यक्ति के सफलता में बाधक होता है क्योंकि आलस्य के कारण व्यक्ति अपने जीवन का कीमती समय नष्ट कर देता है | बाद में, उस व्यक्ति को पछतावा भी होता है लेकिन समय बीत जाने पर वापस नहीं आता है | आलस्य ही दरिद्रता का कारण है |

आचार्य चाणक्य ने कहा है ,

"आलसी व्यक्ति का न वर्तमान होता है और न ही भविष्य होता है|"

सुकरात ने कहा है ,

"आलस्य में जीवन बिताना आत्महत्या के समान है|"

ये स्वर्णिम विचार उनके लिए नहीं है जो चार्वाक दर्शन पर विश्वास करते हैं | चार्वाक एक सुखवादी, भौतिकवादी और प्रत्यक्षवादी दर्शन है | जो प्रत्यक्ष दिखता है उस पर ही भरोसा करेगा जिसके कारण यह आसमान को नहीं मानता, साथ ही यह दर्शन सुख पाने को ही अंतिम लक्ष्य मानता हैं ,और उसके लिए समस्त प्रयोजन अपनाने को सही कहता है | इसका सिद्धांत है कि,

यावज्जीवेत सुखं जीवेत |

ऋण कृत्वा घृतम पीवेत ||

अर्थात जब तक जियो सुख से जियो और अगर सुख के लिए कर्ज भी लेना पड़े तो लो | इस दर्शन के अनुसार किसी भी तरह की वासनाओं व तृष्णाओं को दबाना ठीक नही यह अस्वाभाविक और अप्राकृतिक है |

राजन और विलासा भी चार्वाक दर्शन के सिद्धांतों पर चल रहे थे | वह यह नहीं समझ रहे थे कि खाओ, पियो और मौज उड़ाओ भविष्य में

समस्या खड़ी कर सकता है | वैदिक दर्शन में कहा गया है,

"अति सर्वत्र वर्जयते "

सोनू के दादा और ताऊ जो पैसे भेजते थे उसका पिता राजन सब खाने पीने में उड़ा देता था | राजन को उसके भाई रमन ने वीडियो पार्लर खोलने के लिए पैसे दिए | यह काम एक साल भी नहीं चला | राजन के पिता ने एक होटल खोलने में मदद की | वहाँ भी उसने मन लगा कर काम नहीं किया | होटल नौकरों के भरोसे चलता था | नतीजा यह रहा कि वह होटल एक साल भी नहीं चला और बंद हो गया | राजन ने ईंट बेंचने का भी काम किया वह भी एक वर्ष बाद ही घाटे के साथ बंद हो गया |

जब राजन कहीं कामयाब नहीं हुआ तो उसके बड़े भाई रमन ने उसे गाँव से शहर बुलाया और उसके परिवार को अपने घर में रहने की जगह दी | पिता ने गाँव की अपनी जमीन बेंच कर राजन को किराने की दुकान शहर में लगाने के लिए पैसे दिए | वह दुकान में जाता और वहीं शराब पीकर पड़ा रहता | उसी मोहल्ले में एक दुश्चरित्र औरत रहती थी जिसका मकसद था पैसे ऐंठना | वह उस औरत के पास ही बना रहता था | दुकान से उसे कोई लेना देना नहीं था क्योंकि जमीन बिक्री के जो पैसे थे वो सब वृद्ध पिता ने उसे सौंप दिए थे और उसने अपने खाते में जमा कर लिए थे | वह सिर्फ उन्हे उड़ाने में लगा था |

अपने निकम्मेपन की वजह से अब राजन अकर्मण्य हो चुका था | रोज शराब पीना उसकी आदत बन गई थी |उसे कहीं न कहीं लगता था की तीन बेटियों को कैसे पढ़ाएगा और उनकी शादी कैसे करेगा | वह दिनों दिन निराशा में डूबता गया | उसकी पत्नी भी उसका सहयोग नहीं करती थी | वह हमेशा जान देने की धमकी देता था |पत्नी की पिटाई भी करता था | कहते हैं कि यदि इंसान अपने अंतर्मन में किसी सकारात्मक या नकारात्मक विचार को बार बार दोहराता रहे तो कालांतर में वह फलीभूत हो जाता है | वही राजन के साथ हुआ |

दिन का समय था |राजन के पिता अपने कमरे में थे | सोनू और मोनू राजन की बेटियाँ राजन के कमरे से लगे हुए हाल में बैठी थी | राजन एक रस्सी लेकर आया और सोनू और मोनू के सामने ही अपने कमरे में रस्सी लेकर गया और पंखे से झूल गया | उसके प्राण पखेरू उड़ गए | दोनों

बेटियों ने ,जिनकी उम्र क्रमश: 20 वर्ष और 18 वर्ष थी , पिता को कमरे में रस्सी ले जाता देखा पर उन्हे जरा भी एहसास नहीं हुआ कि रस्सी ले जाने का उद्येश्य क्या था | एक पिता अपनी बेटियों के सामने आत्महत्या कर लिया और उसकी जवान बेटियाँ देखती रह गई ! कहीं न कहीं उनके अंदर भी असंतोष समाया हुआ था वरना वो इतनी संवेदन हीनता न दिखातीं |आत्महत्या के पहले राजन ने कमरे के दरवाजे की कुंडी को यह सोच कर तोड़ दिया था कि शायद उसे कोई बचाने आए | वास्तविकता यह थी कि वह पूरी तरह मरने को तैयार नहीं था | पर उसकी नकारात्मक सोच उसे बार बार आत्महत्या करने को प्रेरित कर रही थी | पत्नी उसे समझने की बजाय उससे दूर भाग रही थी | जिस दिन ये घटना घटी उस दिन वो किसी पड़ोसी के यहाँ अपने पति के साथ आपसी संबंधों का दुखड़ा रोने गई थी | इस दुनिया में अपनी समस्याओं का हाल खुद ब खुद निकालना पड़ता है | लोग सिर्फ हमदर्दी जाता सकते हैं |समस्या का सही निदान करने वाले बिरले लोग ही होते हैं | जब वो वापस आई तब तक राजन ये दुनिया छोड़ चुका था | इस तरह एक अकर्मण्य और अभागे इंशान का अंत हो गया |

राजन के परिवार की जिम्मेदारी अब उसके बड़े भाई रमन पर आ पड़ी | रमन एक नेवी ऑफीसर था जो बॉम्बे मे पदस्थ था और अपने परिवार के साथ वहीं रहता था | उसके शहर के घर में राजन का परिवार और उसके वृद्ध पिता रहते थे जिनकी कोई आय नहीं थी | अब रमन उन्हे हर माह खर्च के लिए पैसे विलासा के बैंक अकाउंट में भेजने लगा | रमन ने अपने छोटे भाई राजन की विधवा पत्नी को सलाह दिया कि वो आत्मनिर्भर बने और राजन की दुकान को चलाए | विलासा एक महीने रो धोकर दुकान में गई फिर आदतन बहाने बनाते हुए दुकान न चलाने के कई तर्क दिए और अंतत: दुकान बंद कर दी और वापस घर आकर बैठ गई |

रमन भी सेवा निवृत होकर घर आ गया और रमन और राजन का परिवार साथ रहने लगा | अब रमन ने विलासा के बैंक अकाउंट में पैसा भेजना बंद कर दिया और स्वयं पूरे घर का खर्च अपनी देखरेख में चलाने लगा | यही विलासा को कष्टदायी हो गया | उसे लगा कि पैसे तो उसके

अकाउंट में आते रहने चाहिए और घर चलाने की जिम्मेदारी तो रमन की है ही ,ये उसका कर्तव्य है जो उसे पूरा करना ही चाहिए |

****

सोनू बचपन से इसी माहौल में पली बढ़ी लड़की थी | उसने मेहनत करना नहीं सीखा था बल्कि वह भी माता-पिता के नक्शे कदम पर चल रही थी | गाँव मे रहते हुए सोनू 12 वीं की परीक्षा पास कर चुकी थी | अब उसका बी ए में एडमीशन शहर के कॉलेज में रमन ने करा दिया | परंतु कुछ दिनों बाद ही उसने पढ़ाई छोड़ दी और ब्यूटी पार्लर में जॉब करने लगी | वहाँ भी काम में लापरवाही करने की वजह से काम से निकाल दिया गया |

सोनू को दूसरा जॉब एक जौहरी के यहाँ मिल गया | वहाँ उसने जौहरी पर डोरे डालने शुरू कर दिए | जौहरी की पत्नी को जब पति के अफेयर का पता चला तो उसने हंगामा किया और सोनू को जॉब से हाथ धोना पड़ा |

सोनू को तीसरा जॉब एयरटेल कंपनी में मिला | वहाँ भी उसने इश्क लड़ाने की कोशिश की और उसे काम से हाथ धोना पड़ा |

सोनू रायपुर अपनी रिश्ते की बहन के पास चली गई | उस बहन ने उसे एक मॉल में नौकरी दिलवा दी | सोनू का वही पुराना रवैया था | उसने वहाँ भी किसी लड़के पर डोरे डालने शुरू कर दिए | जब मालिक को पता चला तो उसने सोनू को बाहर का रास्ता दिखा दिया | सोनू ने उस बहन की प्रतिष्ठा पर भी कालिख पोत दी |

सोनू मोहल्ले के एक लड़के पर डोरे डालने लगी | वह लड़का भी इसकी सुंदरता पर आकर्षित हो गया और दोनों का अफेयर चलने लगा |

इसी बीच सोनू के चाचा चाची ने सोनू के लिए एक लड़का तलाशा जो की भिलाई की सीमेंट फैक्ट्री में इंजीनियर था |

सोनू इंजीनियर से शादी नहीं करना चाहती थी | जब उससे कारण पूछा गया तो उसने बताया कि वो किसी और से प्यार करती है | सोनू के घर वालों ने उसके प्रेमी के घर वालों से शादी की बात की पर प्रेमी के माता-पिता का कहना था कि ज्योतिषी की ज्योतिष के अनुसार तीन वर्ष तक लड़के की शादी का योग नहीं बनता है | यदि शादी की गई तो जीवन

से हाथ धोना पड़ सकता है | सोनू की शादी उसके प्रेमी से नहीं हो सकी |अंततः सोनू के घर वालों ने सोनू की शादी इंजीनियर से कर दी |

सोनू ने बहुत रोना-धोना किया कि वो शादी नहीं करना चाहती पर मां और चाची के समझाने-बुझाने पर मान गई | अब सोनू अपने इंजीनियर मंगेतर को रोज नई नई चीजें खरीदने की डिमांड देती और वो इसके मोहजाल में फंसा इंजीनियर उसकी हर डिमांड पूरी करता | दरवाजे पर रोज ही अमेजन और फ्लिपकार्ट के कूरियर बॉय सामान लेकर खड़े रहते |

अंततः सोनू की शादी हो गई | सोनू मुश्किल से एक महीने ससुराल में रही फिर वापस मायके आ गई | अब सोनू ससुराल जाने को तैयार नहीं थी | इसका कारण था उसे ससुराल में रहकर एक परंपरागत बहू की तरह रहना पड़ता था , घर का काम करना पड़ता था | यह बेफिक्र आजादी के साथ घूमने वाली सोनू के लिए ससुराल का बंधन कैद से कम नहीं था | सोनू बंधन से छुटकारा पाने का उपाय सोचने लगी | वह कंपूटर सीखने का बहाना लेकर शहर आने लगी | दो घंटे की क्लास की आड़ में वह पूरा दिन शहर में बिताने लगी | जब ससुराल वालों ने इसका कारण जानना चाहा तो वह ससुराल छोड़ कर मायके आ बैठी |

पति ने सोचा कि गाँव में शायद सोनू का मन नहीं लग रहा है अतः वह उसे भिलाई ले गया | वहाँ सोनू एक सप्ताह मुश्किल से रही फिर बहाने बना कर वापस मायके आ गई | जब मां ने पूछा तो कहा –" वो मुझसे आठ साल बड़ा है , मैं उसके साथ नहीं रह सकती |"

इंजीनियर एक सीधा-सादा इंशान था | अपने समय का राज्य में टॉपर विद्यार्थी था | वह कई बार सोनू को मनाने आया पर सोनू उसके साथ जाने को तैयार नहीं हुई | जब उससे पूछा गया कि जब वो ससुराल नहीं जाना चाहती तो वो शादी के लिए क्यों मान गई थी और शादी के पहले क्यों इतने गिफ्ट की डिमांड करती थी | तो उसका जवाब था कि वो उस इंजीनियर को सबक सिखाना चाहती थी कि वो क्यों उसे पसंद किया था जबकि वो उसे पसंद नहीं करती थी |सोनू ने उस इंजीनियर से कहा भी था कि वो शादी से इनकार कर दे | सोनू के ऐसे कुटिल जवाब सुनकर बेचारा इंजीनियर डिप्रेशन में चला गया | कई बार इंजीनियर के

पिता सोनू को मनाने आए पर वो ससुराल जाने को तैयार नहीं हुई | सोनू का कहना था –“मैं उसके साथ नहीं रह सकती |” हालांकि उसके पास इसका कोई ठोस कारण नहीं था सिर्फ बहाने बाजी के |

सोनू के ताऊ रमन ने सोचा कि यदि सोनू ससुराल नहीं गई तो उस इंजीनियर के साथ बड़ा अन्याय होगा और परिवार और समाज में बदनामी होगी अत: उसने सोनू को चेतावनी दे दी कि अगर वो 2 महीने के अंदर अपने ससुराल नहीं गई तो उसे उनका घर छोड़ना पड़ेगा | तीन महीने का समय हो गया पर सोनू ससुराल नहीं गई |

इसी बीच विलासा रमन से आए दिन विवाद करने लगी | विवाद के दो कारण थे | पहला कारण था रमन जो हर महीने विलासा के बैंक अकाउंट में पैसे भेजता था वह रिटायरमेंट के बाद उसने भेजना बंद कर दिया | दूसरा कारण था – राजन और रमन के पिता ने जो जमीन बेची थी वह राजन की मृत्यु के बाद रमन ने बची हुई राशि अपने खाते में सुरक्षित रख लिया था , उसे विलासा वापस मांग रही थी | रमन का इरादा था कि यदि विलासा ने इस पूंजी को खर्च कर दिया तो उसकी बेटियों की पढ़ाई लिखाई और शादी व्याह का खर्चा कहाँ से आएगा ? रमन का कहना था कि वो तीनों बेटियों और मां की जिम्मेदारी लेकर उनका खर्च उठा रहा है तो फिर पैसे वापस देने का सवाल कहाँ से उठता है ? विलासा ने इसी बात पर अपने भाइयों और रिश्तेदारों से शिकायत की और रमन को बिना सूचना दिए रमन के घर पर सब को इकट्ठा कर फैसला करने को कहा | यह बात रमन को बहुत बुरी लगी क्योंकि पिछले 30 वर्षों से रमन राजन की लगातार आर्थिक मदद करता रहा | आज उसे उस सहायता के एवज में सभी रिश्तेदारों के सामने विलासा जलील कर रही थी |रमन ने सब की बातें सुनी और कहा सब को घर में अनुशासित हो कर रहना पड़ेगा पर विलासा व उसकी बेटियों को रमन के अनुशासित बंधन में एक पल भी रहना पसंद नहीं था | सब ने पूछा कि अब विलासा क्या चाहती है ? विलासा और उसकी बेटी मोनू ने कहा कि वो अब इस घर में नहीं रहना चाहती | फैसला हो गया , विलासा और उसकी बेटियाँ राजन का घर छोड़कर किराये के घर में चली गईं | रमन ने पिता के द्वारा जमीन बिक्री के 8 लाख जमा रुपये राजन की पत्नी विलासा को वापस कर दिए

और हमेशा के लिए संबंध खत्म कर दिए |

दूसरी ओर ,सोनू ने फेमिली कोर्ट में तलाक का मुकदमा फ़ाइल कर दिया | शादी के 2 साल बाद आपसी सहमति से तलाक हो गया | इंजीनियर निहायत ही शरीफ इंसान था | वह सोनू के चरित्र को समझ नहीं पाया | जब उसने समझा तो जल्द से जल्द छुटकारा पाना चाहा | सोनू ने इसके एवज में उस इंजीनियर से 4 लाख रुपये और सोने-चांदी के गहने व दहेज में दिया गया पूरा सामान वापस ले लिया | इंजीनियर ने पुन: शादी कर ली और अपने पारिवारिक जीवन में खुश है |

सोनू एक ऐसी कुसंस्कारी लड़की थी जिसे बचपन से ही माता-पिता के कुसंस्कारों का शिकार होना पड़ा |कामचोरी, धोखाधड़ी ,आवारागर्दी, और पर पुरुषगमन उसके संस्कारों में ही था | वरना उस इंजीनियर का क्या दोष था ? यह चरित्रहीनता नहीं है तो क्या है ? आज आवश्यकता है बच्चों को अच्छे संस्कार दिए जाएँ अन्यथा एक दिन परिवार और समाज की व्यवस्था ही बिगड़ जाएगी और वही पश्चिमी संस्कृति हावी हो जाएगी जहाँ वासना और भोगवाद के अतिरिक्त कुछ नहीं है |

सोनू आज भी भटक रही है अपने कुसंस्कारों का बोझ उठाए | सोनू तो एक उदाहरण है |सोनू जैसी चरित्रहीन लड़कियां आज हर मोहल्ले में तैयार हो रही हैं | जरूरत है उन्हे अच्छे संस्कार देने की वरना एक समय आएगा कि शादी जैसी संस्थाओं से विश्वास ही उठ जाएगा और चरित्रहीन और चरित्रवान में कोई फर्क ही न रह जाएगा |

लेखक की रचनाएं

1. BORDERMAN
2. सीमा प्रहरी
3. आवारा
4. कमीने दोस्त
5. संगिनी
6. काबिल
7. मुक्तिदाता
8. माया
9. चरित्रहीन

ये सभी उपन्यास Notionpress.com, Amazon.in and Flipcart पर उपलब्ध हैं | यदि उपर्युक्त उपन्यास प्राप्त करने में कोई परेशानी हो तो लेखक से सीधे संपर्क कर सकते हैं | लेखक से पत्र व्यवहार का पता : rps1959@gmail.comMobile No. 7000153809

www.ingramcontent.com/pod-product-compliance
Lightning Source LLC
LaVergne TN
LVHW040440051026
849517LV00002B/695
9798885463836